Pelé und ich

Martin Klein wurde 1962 in Lübeck geboren und lebt seit 1986 als freier Autor in Berlin. 1990 erschien sein erstes Kinderbuch, dem viele weitere folgten. Für seine Geschichten erhielt er verschiedene Auszeichnungen, darunter das Alfred-Döblin-Stipendium und den Umweltmedienpreis der Stadt Waiblingen. Im Carlsen Verlag ist von Martin Klein außerdem der Titel *Alle Jahre Widder* lieferbar.

Daniel Napp, 1974 in Nastätten/Rheinland-Pfalz geboren, studierte in Münster Design mit dem Schwerpunkt Illustration. Er hat bereits mehrere Bilderbücher veröffentlicht, zahlreiche Kinderbücher illustriert und ist vielfach ausgezeichnet worden. Daniel Napp arbeitet in der Ateliergemeinschaft RAUM 3 in Münster.

Martin Klein

Pelé und ich

Mit Illustrationen von Daniel Napp

CARLSEN

Veröffentlicht im Carlsen Verlag
Februar 2008

Umschlagbild: Daniel Napp
Umschlaggestaltung: formlabor
Corporate Design Taschenbuch: Dörte Dosse
Gesetzt aus der Stempel Garamond und Folio
von Dörlemann Satz, Lemförde
Druck und Bindung: GGP Media GmbH, Pößneck
ISBN 978-3-551-35697-0
Printed in Germany

Paulinhos Erinnerungen

> **»Sie sollen nicht glauben, dass sie Brasilianer sind, nur weil sie aus Brasilien kommen.«**
>
> Paul Breitner zugeschrieben

Liebe Leser und Leserinnen,

hier ist sie endlich.

Seine Lebensgeschichte.

Hier sind Paulinhos Erinnerungen, von ihm selbst erzählt.

Paulinho wollte diese Geschichte zwar erst in etwa fünfzig Jahren aufschreiben, aber zum Glück hat er es vorher schon getan. Dem Carlsen Verlag ist es gelungen, die Rechte zum Vorabdruck zu erwerben. Daher könnt ihr Paulinhos persönliche Geschichte hier und jetzt lesen. Kapitel für Kapitel.

Über das Honorar haben beide Seiten Stillschweigen vereinbart. Wäre der Verlag ein Fußballverein, könnte er für dieselbe Summe vermutlich einen absoluten Ausnahmekönner erwerben. Einen wie Paulinho. Wenn es ihn ein zweites Mal gäbe. Aber er ist einzigartig.

Die Fachwelt ist sich einig: Niemals zuvor hat ein Spieler so perfekt deutsche Kraft mit brasilianischer Spielkunst vereint. Wer kann sich überhaupt mit Paulinho messen? Ich würde das von mir nicht behaupten. Höchstens Pelé, Franz Beckenbauer und Diego Maradona. Oder auch Zinedine Zidane.

Aber eines hat Paulinho ihnen mit Sicherheit voraus. Er ist der erste Fußballspieler, der bereits als Kind Weltklasse gespielt hat. Umso erstaunlicher, wie natürlich und bescheiden er bei allem Erfolg geblieben ist. Paulinho ist einer von uns. Er ist eines von unseren Kindern. Begleitet Paulinho nun auf der Reise seiner noch jungen Karriere. Viel Spaß beim Lesen und nicht vergessen:

Das nächste Spiel ist immer das beste!

Jürgen K.

1. DIE REISE NACH SÃO PAULO

Die ganze Welt weiß es: Man hält mich für das größte Fußballtalent aller Zeiten. Natürlich ist das übertrieben. So oder so, unzählige Leute haben mich gebeten aufzuschreiben, wie alles angefangen hat.

Also gut.

Dann kann sich jeder sein eigenes Bild machen.

Mein vollständiger Name lautet Paul Marvin Leon Hoffmann. Klar, den kennt kaum jemand.

»Wer bitte?«, fragen die Leute, wenn ihnen jemand diesen Namen nennt, oder: »Paul – wie?« Aber Paulinho kennt jeder.

Ich spielte mit zehn Jahren schon in der ersten Liga Brasiliens und das kam so:

Mein Vater war Fußballmanager und rettete einen Verein nach dem anderen vor der Pleite. Erst Borussia Dortmund, dann Schalke 04 und schließlich sogar den FC Barcelona. Das sprach sich natürlich herum. Eines

Tages rief Pelé ihn aus Brasilien an und erzählte, dass seine alte Mannschaft in Geldschwierigkeiten steckte. Pelé fragte meinen Papa, ob er nicht mal für eine Weile nach São Paulo kommen und die Sache wieder in Ordnung bringen könne. Die Sache sei dringend. Sonst müssten sie bei seinem geliebten FC Santos die letzten Bälle verkaufen und darauf hoffen, dass die Zuschauer zu den Heimspielen einen spendierten.

Papa hatte eigentlich keine große Lust, nach Brasilien zu reisen, er war nämlich gerade erst aus Barcelona zurück. Aber selbst bei ihm kam so ein Anruf nicht alle Tage vor. Deshalb sagte er zu.

Pelé freute sich sehr. »Schön, dass Sie bereit sind dem FC Santos zu helfen, Herr Hoffmann!«, rief er in den Hörer. »Aber ich hätte noch eine Bitte …«

»Nur zu«, sagte Papa.

»Ich würde mich sehr freuen, wenn Sie Ihren Sohn Paul mitbrächten. Ich habe von meinem alten Freund Franz Beckenbauer erfahren, dass er sehr begabt ist. Vielleicht kann ich ihm ein paar nützliche Tipps geben.«

»Mit Vergnügen, Herr Pelé«, erwiderte Papa.

Als Mama von seinen neuen Plänen erfuhr, war sie nicht begeistert.

»Ist denn Pelé so etwas Besonderes?«, fragte sie.

Mein Vater und ich sahen uns an.

Da hatte sie nun einen Top-Fußballmanager als Mann und das größte Fußballtalent des 21. Jahrhunderts als Sohn und stellte so eine Frage.

Papa legte mir eine Hand auf die Schulter.

»Sag du's ihr.«

»Pelé«, begann ich feierlich, »heißt mit vollem Namen Edson Arantes do Nascimento. Den kennt aber kaum jemand. Er wurde am 21. Oktober 1940 in Três Corações geboren (in manchen Büchern steht auch, es sei der 23. Oktober gewesen) und holte als Spieler drei Weltmeistertitel nach Brasilien. Zum ersten Mal hielt er den Pokal 1958 in den Händen. Damals war er noch nicht mal achtzehn Jahre alt! 5:2 hieß es im Endspiel gegen Schweden, Pelé war zweifacher Torschütze. Vier Jahre später wurde er gleich wieder Weltmeister. Das war 1962 in Chile. Brasilien schlug die CSSR im Endspiel 3:1. Pelé hatte sich leider in der Vorrunde verletzt und konnte im Finale nicht mitspielen. Aber er schaffte es noch einmal: 1970 in Mexiko. 4:1 gewannen die Blau-Gelben gegen Italien. Pelé trug ein fantastisches Kopfballtor dazu bei. Pelé. Der beste Fußballspieler aller Zeiten!«

»Na, wenn das so ist.« Mama nickte Papa zu. »Dann mach dich halt auf den Weg.« Sie guckt zu viele Quizshows und zu wenig Fußball im Fernsehen, aber sie ist ziemlich großzügig.

»Wir«, verbesserte Papa sie. »Wir machen uns auf den Weg.«

»Wie bitte?«, fragte Mama. »Was heißt das: wir?«

»Ich komme mit«, sagte ich. »Hat Papa das noch nicht erwähnt?«

Mama schüttelte den Kopf.

Papa lächelte liebenswürdig. »Das ist eine Riesenchance für den Jungen. Pelé will ihn persönlich fördern.«

»Und was ist mit der Schule?«, fragte Mama.

»Für so eine Reise kann ich mir freinehmen«, erwiderte ich. Ich besuchte nämlich die fünfte Klasse einer besonderen Fußballschule. Solange die Noten halbwegs stimmten, konnte ich dort machen, was ich wollte.

»Schatz, du weißt doch Bescheid«, fügte Papa hinzu. »Paul hat diese Freiheit, weil Franz Beckenbauer, Uli Hoeneß und sämtliche Bosse vom DFB sich für ihn einsetzen.«

»Na gut«, seufzte Mama. »Aber bitte kommt so schnell wie möglich zurück. Ich werde euch nämlich vermissen.«

Wir versprachen es und küssten sie jeder auf eine Wange. Dann begannen wir unverzüglich unsere Sachen zu packen.

Als Mia nach Hause kam, fragte sie natürlich, was los sei. Mia ist meine große Schwester. Sie ist acht Jahre älter als ich und morgens zu lange im Bad. Meistens, wenn ich gerade dringend pinkeln muss. Manchmal macht sie auf oberschlau und versucht mich herumzukommandieren, aber sonst ist sie ganz in Ordnung. Damals war sie gerade kurz vor dem Abitur. Später wollte sie Medizin studieren und als Ärztin herausfinden, wieso ich mir alles über Fußball merken kann und sonst angeblich nichts. Das stimmt aber nicht. Ich kann mir vieles ziemlich gut merken. Deswegen waren ja auch meine Noten ganz okay, obwohl ich nur selten zum Unterricht ging.

Mia meinte, ich könne ohnehin nur Fußballer werden. Bei meinem Talent sei es aber möglich, dass ich schon bald in einer Woche zehnmal so viel verdienen würde wie sie als Ärztin in zehn Jahren.

Papa und ich erzählten ihr, was wir vorhatten, und ich erklärte zum zweiten Mal an diesem Tag, wer Pelé ist.

»Für seinen Stammverein FC Santos hat Pelé über tausend Tore geschossen! Manche behaupten sogar, es seien mindestens tausendfünfhundert. Aber niemand kann beweisen, wie viele es wirklich sind. Es kommt nämlich darauf an, ob man Freundschaftsspiele dazuzählt und …«

»Ach, mein kleines, kleines Brüderchen«, unterbrach mich Mia und strich mir über den Kopf. »Was bist du bloß für ein komisches Kerlchen.«

Ich stieß ihren Arm weg.

»Schon gut«, gurrte sie. »Im Kopf ein Fußball-Lexikon und in den Füßen ein Fußball-Genie.«

Das gefiel mir schon besser.

Der Flug war lang und langweilig. Ich machte einen Schnellkurs »Portugiesisch für Anfänger« und las das neueste »Kicker«-Jahrbuch vorwärts und rückwärts. Dann machte ich einen Kurs »Portugiesisch für Fortgeschrittene« und verschlang einen Schmöker über Fußball in Brasilien, der in portugiesischer Sprache geschrieben war. Als wir endlich landeten, verstand ich eine ganze Menge.

Pelé holte uns natürlich persönlich am Flughafen von São Paulo ab. Ich erkannte ihn sofort, obwohl er eine Sonnenbrille trug. Wahrscheinlich machte er das, damit nicht jeder gleich sah, wer er war.

Wir merkten, wie sehr er sich freute, dass wir tatsächlich gekommen waren.

»Schön, dich kennenzulernen, Paul.« Er lächelte und klopfte mir mehrmals auf die Schulter. Als Pelé meinem Vater die Hand schüttelte, hörten wir Rufe: »Hallo, Pelé, tolles Tor damals gegen Italien!« und »Könnten wir ein Autogramm bekommen?«

Pelé unterschrieb ein paar Karten und dann verließen wir so schnell wie möglich die Ankunftshalle und verstauten unser Gepäck in seinem Auto. Er fuhr einen ganz normalen Luxuswagen, kein bisschen angeberisch. Ohne Chauffeur und vergoldete Stoßstangen. Als Pelé die Sonnenbrille abnahm, staunte ich. Er sah noch fast genauso aus wie bei seiner ersten WM, gar nicht eingebildet und erst recht nicht wie ein älterer Herr. Anscheinend hält es unheimlich jung, der beste Spieler der Welt zu sein. Das gefiel mir.

Pelé brachte Papa sofort in sein neues Büro und anschließend fuhr er mit mir zum Trainingsgelände des berühmten FC Santos, seines Heimatvereins. Er mit mir ganz allein. Der beste Fußballspieler des 20. und das angeblich größte Talent des 21. Jahrhunderts. Pelé und ich.

2. KNAPP HINTEN DRAN

»Paul, auch du bist gemeint!«, sagte Frau Neid mit Nachdruck.

Paul hörte sie nicht. Er befand sich viele Tausend Kilometer entfernt. Er war zusammen mit Pelé in einem ganz normalen Luxusauto durch den gewaltigen Verkehr von São Paulo unterwegs und konnte es kaum erwarten, den FC Santos kennenzulernen.

»Paul, bist du taub?!«, rief Frau Neid.

Paul schreckte aus seinen Gedanken hoch. Mühsam versuchte er aus seinem zweiten Dasein ins erste zurückzukehren. Es ist nicht leicht, in einer Sekunde den Kontinent zu wechseln, mit Atlantiküberquerung. Hastig klappte Paul das Heft mit Paulinhos Leben darin zu. Auf dem Umschlag waren die deutsche und die brasilianische Fahne abgebildet.

Er nahm den Füller aus dem Mund, an dem er gedankenverloren herumgekaut hatte. Was war los? War er gemeint? Am besten nicht auffallen. Dummerweise unternahm Paul nun gleich mehrere Sachen, von denen jede das Auffälligste war, was er tun konnte. Zuerst rückte er mit quietschendem Stuhl zur Seite und beugte sich zu seiner Schultasche hinunter. Dann klappte er sie geräuschvoll auf und klaubte umständlich ein Heft heraus. Als er es auf den Tisch legte, fiel sein Mäppchen herunter. Der Aufprall auf dem Boden klang unnatürlich laut, weil im Klassenraum Ruhe herrschte. Zahlreiche Stifte verteilten sich rund um Pauls Tisch.

Ein paar Lacher glucksten durch den Raum.

Paul rutschte von seinem Stuhl und sammelte alles wieder ein, so schnell er konnte. Marlene drehte sich zu ihm um und hob ein paar Stifte auf, die bis zu ihrem Platz gerollt waren.

»Wir sollten abschreiben, was an der Tafel steht«, flüsterte sie. »Aber …«

Paul warf einen schnellen Blick darauf. Aha, die Hausaufgaben.

»Danke«, flüsterte er zurück. Eilig kletterte er wieder auf seinen Stuhl und begann eifrig zu kritzeln.

Marlene verdrehte die Augen. »Aber jetzt doch nicht mehr!«

»Paul!«

Er zuckte ein wenig zusammen.

»Was ist eigentlich heute mit dir los?!«, polterte Frau Neid und fixierte ihn streng.

Er schaute sie arglos an. »Nichts.«

»Ja, genau«, schimpfte Frau Neid. »Nichts ist

mit dir los. Du träumst. Jetzt ist es für das Abschreiben der Hausaufgaben zu spät. Entweder du besorgst sie dir von einem Mitschüler oder du kommst nach dem Spiel noch mal in die Klasse zurück.«

»Warum müssen wir übers Wochenende Hausaufgaben machen?«, fragte Marlene mürrisch.

»Ganz einfach.« Frau Neid lächelte süßsauer. »Weil ihr in der Woche nicht genug gearbeitet habt. Das ist genau wie in der Bundesliga: Wer in der Woche nicht genug trainiert hat, muss am Sonntag ran. Fragt mal bei Felix Magath nach.«

»Danke, kein Interesse«, murmelte Marlene.

Frau Neid überhörte es und wandte sich an alle Kinder. »Und jetzt: Ab zum Klassenspiel!«

Ein vielstimmiges Johlen war die Antwort. Auch die Schüler, die nur zuschauen würden, fielen ein. Die Klasse 5c der Mark-Twain-Schule befand sich nämlich im totalen Fußballfieber. Alle schnappten ihre Taschen, sprangen auf und drängten zum Ausgang.

»Denkt dran, Leute: Das ist der letzte Test vor

der Meisterschaft!«, rief die Lehrerin und ihre Klasse johlte noch lauter.

»We are the champions!«, grölte Hanno auf dem Weg zu den Umkleidekabinen des Schulsportplatzes. *»We are the champions of the woooooorld!«*

»Noch nicht«, sagte Marlene.

Hanno mit der blonden Igelfrisur ballte eine Faust, als habe er soeben ein Hammertor erzielt. »Wir schlagen die 5a!«

Die Schulmeisterschaften der fünften Klassen waren nur noch zwei Wochen und einen Tag entfernt. Als Höhepunkt der Woche stand an diesem Freitagmittag der letzte Test an: ein Freundschaftsspiel gegen den großen Favoriten auf die Meisterschaft, die Klasse 5a von Ede Adler. Der war nicht nur ein äußerst strenger Lehrer, sondern auch noch der bärbeißige E-Jugendtrainer des Fußballvereins der Stadt.

Mit Grausen erinnerte Paul sich an den Tag, als er dort zum Probetraining erschienen und von Adler neunzig Minuten lang zusammengefaltet worden war. Seitdem wusste er eines so sicher wie sonst nichts in seinem Leben: Er würde niemals in einem Fußballverein Fußball spielen.

Klar, dass Ede Adler seine Klasse auf die Schulmeisterschaft vorbereitete, als ginge es um die WM. Klar, dass er dabei mit ihr umsprang wie ein fieser Diktator. Klar auch, dass der Sieg bei den Schulmeisterschaften für ihn und seine Spieler selbstverständlich war.

Frau Neid und die 5c wollten ihm einen Strich durch diese Rechnung machen. Frau Neid war selbst Fußballerin und wusste genau, wie viel Ede Adler von Frauenfußball hielt: noch weniger als gar nichts. Eine Niederlage gegen eine Frau würde ihn mächtig ärgern. Und dann gab es da noch drei Jungen in Pauls Klasse, die in Adlers Verein meist auf der Ersatzbank saßen: Hanno, Goran und Timo. Die brannten darauf, zu zeigen, dass sie besser waren, als ihr Vereinstrainer dachte.

Auch Paul wollte unbedingt gewinnen. Paul gehörte nämlich zu denen, die um einen Platz in der Klassenmannschaft kämpfen mussten. Deshalb war es sehr wichtig, dass er im Testspiel heute gut war. Er war knapp hinten dran. Er war ein großer Kämpfer und liebte Fußball über alles. Aber er war zu langsam und am Ball nicht besonders gut.

3. DAS LAHME LEXIKON

Zwanzig Minuten später pfiff Frau Neid das Testspiel auf dem Schulsportplatz an. Ede Adler würde in der zweiten Halbzeit den Schiedsrichter geben. Die Bedingungen waren genau, wie sie bei den Meisterschaften sein würden. Gespielt wurde quer zum normalen Spielfeld auf Fünf-Meter-Tore. Die Teams bestanden aus jeweils sechs Feldspielern und einem Torwart und die Partie dauerte zweimal zwanzig Minuten.

Es wurde ein einseitiges Spiel. Immer wieder stürmte die 5a in die gegnerische Hälfte und drosch den Ball aufs Tor. Adlers Leute spielten allerdings nicht gerade gut zusammen. Jeder von ihnen wollte selbst die Tore machen und das Ergebnis davon war, dass sie keine erzielten. Paul und die anderen aus der 5c kämpften mit demselben Mut, den David damals gegen Goliath gezeigt hatte. Außerdem war Timo, der Torwart, in blendender Form. Ede Adler tobte am Spielfeldrand herum wie ein Riesen-Rumpelstilzchen, aber das nützte ihm und seiner Mannschaft gar nichts.

Überraschend hielt Pauls Klassenteam bis kurz vor Schluss ein 0:0. Das Unentschieden war ganz nah. Aber dann brach die letzte Minute an und Bulli tauchte plötzlich noch einmal gefährlich vor dem Tor der 5c auf. Bulli war Adlers bester Stürmer, ein untersetzter Typ mit dem Gesicht eines Bernhardiners, der vor Kraft zu bersten schien. Er rannte auf Paul zu und trieb den Ball vor sich her wie ein Raubtier sein Opfer. Er täuschte nach links an. Paul fiel nicht drauf rein. Gleich würde er dem Gegner das Leder vom Fuß spitzeln.

Der scherte nach rechts aus. Paul machte einen langen Schritt in dieselbe Richtung. Doch da war sein Gegenspieler plötzlich wieder links.

Paul begann zu stolpern. Der andere zog vorbei und verpasste Paul einen Stoß mit dem Ellenbogen. Paul flog zur Seite wie ein Markierungshütchen und landete in einer Pfütze.

Nun hatte Adlers Stürmer nur noch Timo vor sich. Timo warf sich ihm entgegen, aber der 5a-Grobian drosch den Ball knallhart an ihm vorbei. Das Leder klatschte ins Netz. Einen Moment lang zappelte es in den Maschen. Dann fiel es zu Boden wie ein erlegter Vogel.

»Jaa!«, röhrte Ede Adler und vergaß, dass er als Schiedsrichter neutral bleiben sollte. »Jaaaaa!!«

Sein Stürmer warf die Arme in die Luft. Dann griff er mit beiden Händen an seine Hüften und tat so, als steckten dort zwei Revolver. Er formte sie aus Daumen und Zeigefingern, drehte sich um und zielte auf seinen Gegenspieler.

»Blödmann«, sagte Paul. »Das war Foul!«

»Wie bitte?!« Bulli tat empört und wandte sich an Schiri Adler, der zufällig auch sein Trainer und Lehrer war. »Ich habe ihn gar nicht berührt!«

»Englische Härte«, knurrte Ede Adler. »Alles in Ordnung.«

Paul sagte nichts mehr. Wenn man ausgespielt im Matsch sitzt, sieht man durch Worte auch nicht besser aus.

Ede Adler pfiff das Spiel ab.

»Das war's, Leute«, verkündete er. »Schönes Tor im letzten Moment, Bulli! Endstand 1:0 für die 5a!« Gönnerhaft streckte er Frau Neid die Hand hin. »Mindestens vier Tore zu niedrig, aber was soll's. Die 5c hat sich angesichts ihrer beschränkten Möglichkeiten gut geschlagen.«

Frau Neid quetschte Adlers Hand so heftig, dass er zusammenzuckte.

»Ich gratuliere zum glücklichen Sieg«, sagte sie. »Wir haben weit unter unseren Möglichkeiten gespielt.«

»Oho«, sagte Adler und lachte laut auf.

Der bullige Torschütze aus der 5a hatte das Gespräch verfolgt.

»Wir wollten's nicht zu schlimm für sie machen, Trainer«, sagte er und grinste lässig. »Die richtige Klatsche kriegen sie beim Turnier.«

Die 5c schaute mit grimmigen Gesichtern zu, wie die Sieger überheblich zu den Umkleidekabinen schlenderten.

Zwei Jungen aus Pauls Klasse bauten sich vor ihm auf. Hanno und der lange dünne Goran mit der Hakennase. Sie starrten Paul vorwurfsvoll an. Goran zog wütend sein Trikot aus und schleuderte es ins Gras.

»Mann, Lexikon! Das Unentschieden hatten wir sicher. Und dann passt du nicht auf.«

»Das war Foul«, verteidigte sich Paul.

»Quatsch, du bist über deine eigenen Beine gestolpert!«

»Bulli hat mich umgerissen!«

»Nee, Lexikon! Du bist einfach zu langsam. Viel zu lahm, verstehst du?! Gegen dich gewinnt im Sprint jeder Maulwurf!«

Goran machte eine abfällige Handbewegung und Hanno sprang seinem Freund sofort zur Seite.

»Lexikon, Bulli hat dich leichter umspielt als 'ne Parkbank!«

»Jeder von euch hat eine dicke Chance vergeben«, gab Paul zurück. »Wenn ihr die verwandelt hättet, hätten wir 2:1 gewonnen.«

»Das sagt der Richtige«, schimpfte Hanno und die beiden zogen schlurfend ab.

Goran und Hanno nannten Paul »Lexikon«, seit sie eine Fußballwette gegen ihn verloren hatten. Es war um die Aufstellung von Bayern München in einem Champions-League-Spiel gegen Arsenal London gegangen.

Am nächsten Morgen hatten Hanno und Goran sich gegenseitig vorgeschwärmt, wie wunderbar Mehmet Scholl gedribbelt hätte. Paul hatte darauf hingewiesen, dass Scholl gar nicht mitgespielt hatte.

»Natürlich hat er gespielt!«, riefen Hanno und Goran.

Paul schüttelte den Kopf. »Vielleicht habt ihr ihn mit Owen Hargreaves verwechselt.«

»Quatsch!« Hanno wurde sauer. »Für wie blöde hältst du uns?! Wir kennen die Bayern viel besser als du!«

»Ich habe immer die Aufstellung im Kopf!«, tönte Goran. »Auch die von gestern.«

»Dann müsstest du wissen, dass Scholl nicht gespielt hat«, sagte Paul.

»Hargreaves hat nicht gespielt! Wetten?«

Paul zuckte die Schultern. »Von mir aus.«

»Wer verliert, hängt sich ein Schild um, wo draufsteht: Ich bin ein Fußballtrottel!«, rief Hanno.

»Super-Idee!« Goran feixte.

»Na ja«, sagte Paul. »Wenn ihr meint.«

Timo wurde als Zeuge herbeigerufen und die

Gegner schrieben die Mannschaftsaufstellung auf, mit der Bayern München am Abend zuvor gegen Arsenal gespielt hatte. Paul nannte die richtige Elf, einschließlich der Einwechslungen:

Kahn – Sagnol, Lucio, R. Kovac, Lizarazu – Deisler (73. Zé Roberto), Demichelis, Salihamidzic (90. Hargreaves) – Ballack – Guerrero (85. Linke), Pizarro.

Hanno bekam nicht einmal elf Spieler zusammen und bei Goran hatten einige gar nicht auf dem Feld gestanden.

»Ich verzichte darauf, dass ihr euch das Schild umhängt«, sagte Paul. »So was finde ich doof.«

»Du, du bist ein totales … Lexikon!«, zischte Hanno.

»Genau, ein, ein … langweiliges, lahmes Lexikon!«, bekräftigte Goran und es war klar, dass das eine Art Schimpfwort sein sollte.

Goran und Hanno waren sonst nicht immer so fies, aber wenn es um Fußball ging, konnten beide einfach nicht verlieren.

Paul stand noch eine Weile am Rand des Schulsportplatzes. Alle anderen waren längst in den Umkleidekabinen verschwunden. Fast alle. Marlene trat neben ihn.

»Was ist los?«, fragte sie. »Stress?«

Paul antwortete nicht.

»Wir haben uns doch echt gut geschlagen!«, sagte Marlene.

»Du hast gut reden«, brummte Paul. »Du hast nicht den entscheidenden Fehler gemacht.«

»Na und? Fehler oder nicht. Ist doch egal.«

Marlene war das einzige Mädchen in der Klassenmannschaft. Obwohl sie sich nicht besonders für Fußball interessierte, war sie ziemlich gut. Aber Verbissenheit beim Sport war ihr fremd.

»Das ist überhaupt nicht egal!«, rief Paul. »Wenn du nicht gewinnen willst, wieso spielst du dann überhaupt?!«

»Klar will ich auch gewinnen.« Marlene sah ihn stirnrunzelnd an. »Aber wenn's nicht klappt: Was soll's!«

Paul schüttelte den Kopf. »So funktioniert Fußball nicht.«

»Mensch, Paul. Das Spiel eben war nicht das Endspiel der Schulmeisterschaft«, sagte Marlene. »Fußball sollte man nicht zu ernst nehmen. Schönes Wochenende.«

Damit ließ sie Paul stehen.

Er rührte sich eine Weile nicht. Dann schüttelte er noch einmal den Kopf. »Nein«, murmelte er. »So funktioniert Fußball nicht.«

Der Streit mit Goran und Hanno fiel ihm wieder ein. Ihre Worte schwirrten ihm durch den Kopf, als wäre in seinem Hirn ein winziges Flugzeug mit einem Banner hinten dran unterwegs: Hier kommt Paul, das lahme Lexikon!

Sein Traum, bei den Schulmeisterschaften in der Mannschaft der 5c zu stehen, war in weite Ferne gerückt. Es war ziemlich sicher, dass Frau Neid ihn nicht aufstellen würde. Auf dem Weg nach Hause fühlte Paul sich plötzlich wie in einem Formtief, das die gesamte Fußball-Laufbahn andauert.

4. VOLLES RISIKO FÜR PROFIS

Paul war kein besonders geselliger Typ. Am liebsten verbrachte er die Nachmittage in seinem Zimmer. Entweder saß er mit Stift und Paulinho-Heft am Tisch oder er lag auf dem Bett und las.

Paul wohnte in einem Altbaublock der Innenstadt. Nicht weit war ein Park mit großen Bäumen, einem Teich, einem Spielplatz und Wiesen, auf denen man prima Fußball spielen konnte. Sonst gab es über die Stadt nicht viel zu sagen. Das einzig wirklich Interessante für Paul war der örtliche Fußballverein. Der 1. FC aus Pauls Stadt spielte in der Regionalliga, und im DFB-Pokal hatte er einmal Borussia Mönchengladbach besiegt. Für Ede Adler und einige andere aus dem Klub war dieser Tag der größte ihres Lebens gewesen.

Die Wohnung von Familie Hoffmann lag im dritten Stock. Mia und Paul hatten zwei kleine Zimmer darin und die Mutter schlief im Wohnzimmer. Jede Nacht klappte sie das Sofa um und verwandelte es in ihr Bett. Ein paar Meter weiter stand der Esstisch. In die Küche passte er nicht hinein.

An seinen Vater erinnerte Paul sich nicht. Frau Hoffmann hatte ihn vor vielen Jahren auf einer Reise in den Süden Brasiliens kennengelernt. Er war mit ihr nach Deutschland gekommen, aber, schon als Paul noch ganz klein war, wieder in seine Heimat verschwunden. Seitdem hatten die Hoffmanns von ihm nichts mehr gehört.

Als Paul an diesem Freitagmittag hungrig und ziemlich schlecht gelaunt nach Hause kam, saß Frau Hoffmann vor dem Fernseher. Wie jeden Tag um die Mittagszeit strahlte ein Sportsender ein Fußballquiz aus. Es hieß »Volles Risiko für Profis«. Pauls Mutter interessierte sich nicht für Fußball, aber Quizsendungen liebte sie über alles. Der Moderator hieß Günter Güll. Pauls

Mutter kannte ihn. Paul auch. Jeder kannte Günter Güll. Er trat täglich stundenlang im Fernsehen auf. Seine bekannteste Sendung lief am Samstagabend und hieß »Reich wie ein Scheich«. Die mittägliche Fußballshow erledigte er nebenbei.

»Hallo, Mama«, sagte Paul matt und streckte den Kopf ins Wohnzimmer.

»Hallo, Paul!« Frau Hoffmann warf ihrem Sohn einen kurzen Blick zu.

»Wie war's in der Schule?«

»Doof«, sagte Paul.

»Hier geht's gerade um Fußball!«, sagte die Mutter munter. »Ist das nicht was für dich?«

»Nee.« Paul schüttelte missmutig den Kopf, aber er blieb stehen und schaute zu.

»Meine sehr verehrten Damen und Herren, das gibt's nur bei uns!«, rief Günter Güll. »Volles Risiko bei ›Volles Risiko für Profis‹! Alles oder nichts! Ausscheiden oder Weiterkommen! O.k. oder k.o.! Heute ist wieder so was von was los bei uns! Dramatik pur! Hochspannung! Gänsehaut-Feeling!!«

Er machte eine kurze Pause und holte Luft.

»Unser heutiger Profi ist Werder-Ole! Er hat es bis ins Halbfinale geschafft! Ole, sind Sie bereit für die Vorschlussrunde?«

»Ich bin bereit.«

Werder-Ole war ein dicker Mann mit einem mächtigen Schnauzbart. Er steckte in einem etwas zu engen grün-weißen Trikot und nickte entschlossen.

Der Moderator hielt ihm eine aufgefächerte Reihe von Briefumschlägen hin. Der Kandidat entschied sich für einen davon. Günter Güll riss ihn auf und zog ein Blatt Papier heraus. »Drei Fragen zum DFB-Pokal, an Werder-Ole!«, verkündete er.

Der Kandidat nickte bedeutungsschwer.

»Ich bin bereit.«

Leise ertönte spannungsgeladene Musik.

»Die Frage ist dreigeteilt. Erstens: Wer schoss die Bremer Tore im Pokalfinale 1994? Zweitens: Wie ging das Spiel aus? Drittens: Wer war der Gegner?«

Die Musik wurde etwas lauter.

Ole schloss konzentriert die Augen. »Ich beginne mit Frage drei. Der Gegner war Rot-Weiß Essen.« Er klappte die Augen auf und schaute den Moderator forschend an. Der blieb unbewegt.

»Das stimmt«, sagte Paul zu sich selbst.

»Was?« Die Mutter drehte sich auf dem Sofa zu ihm.

»Ach, nichts«, sagte Paul.

»Frage zwei: 3:1 für Werder.«

»Stimmt auch«, sagte Paul.

»Was stimmt auch?«, fragte seine Mutter.

Paul machte eine Kopfbewegung zum Fernseher hin.

»Und nun zu Frage drei.« Werder-Ole schloss erneut die Augen, öffnete den Mund zum Sprechen – und schwieg. Er nahm einen Schluck aus seinem Wasserglas. Die Kamera fuhr ganz nahe heran, bis Oles Kopf den ganzen Bildschirm ausfüllte. Man sah feine Schweißperlen auf seine Stirn treten.

»Jaaa?« Günter Güll dehnte das A, bis es so lang wie das ganze Alphabet war.

»Rufer, der Neuseeländer«, murmelte der Kandidat. »Der hat eins geschossen. Dann Andy Herzog, der Österreicher. Aber wer hat die dritte Bude gemacht?«

Günter Güll lächelte unverbindlich.

Werder-Ole sah aus, als blicke er in einen stockdunklen Tunnel.

»Wer hat das dritte Tor gemacht?«, murmelte Ole. »Wer? Ha! Ich hab's!«

Seine Augen leuchteten auf. »Wynton Rufer hat zweimal getroffen! Genau! Zweimal Wynton Rufer!«

»Falsch!« Paul ließ sich neben seine Mutter auf das Sofa plumpsen. »Falsch. Der dritte Torschütze war Dietmar Beiersdorfer.«

»Wie bitte, wer?« Die Mutter schaute ihn ungläubig an. »Dietmar Dingsbumswie?«

»Beiersdorfer«, sagte Paul. »Der spielt aber längst nicht mehr. Ist jetzt Manager.«

»Woher willst du das wissen?« Seine Mutter wedelte überrascht mit der Fernbedienung herum.

»Mensch, Mama, du weißt doch, dass ich mich

für Fußball interessiere!« Paul zuckte die Achseln. »Werder-Ole hat keine Ahnung. Der kann ja nicht mal die einfachsten Fragen zu seinem eigenen Lieblingsverein beantworten.«

»Bleiben Sie dabei?«, fragte der Moderator nun seinen Studiogast.

»Ich bleibe dabei.« Der schnauzbärtige Mann nickte zufrieden.

Die Musik schwoll an und verstummte.

»DFB-Pokalfinale 1994«, verkündete Günter Güll feierlich. »Werder Bremen gewann gegen Rot-Weiß Essen 3:1.«

»Ja!« Werder-Ole schnaufte erleichtert auf und ballte die Fäuste.

»Die Torschützen für Werder waren: Andy Herzog, Wynton Rufer und –«, Günter Güll machte eine Pause, »– Dietmar Beiersdorfer.«

»Nein!« Der Kandidat jammerte auf und sackte in sich zusammen. Sein Schnauzbart verlor die Form und hing traurig nach unten.

»Schade, schade, Ole.« Günter Güll heuchelte Mitleid. »Sie waren so nah dran. So nah an fünfzigtausend Euro.«

Auf dem Fernsehschirm erschien eine digitale Anzeigetafel. »Null Euro« stand dort. Das war die bitterste Zahl, die Werder-Ole je gesehen hatte.

»Meine Güte«, murmelte Pauls Mutter. »Der Mann hat soeben fünfzigtausend Euro verloren. Nur weil er sich an einen einzigen Torschützen aus der Steinzeit nicht erinnern konnte. Und du hättest gewonnen.« Sie starrte Paul an. »Das ist einfach nicht zu fassen.«

»Die Fragen waren leicht«, sagte Paul.

»Ole, ärgern Sie sich nicht zu sehr.« Auf dem

Bildschirm lächelte Günter Güll tröstend. Der Mann mit dem traurigen Schnauzbart nickte tapfer. Er nahm einen letzten Schluck aus dem Wasserglas und tapste davon.

»Meine sehr verehrten Damen und Herren, das war's für heute. Danke fürs Zuschauen und vergessen Sie nicht einzuschalten, wenn es morgen wieder heißt: ›Volles Risiko für Profis‹!« Günter Güll grinste in die Kamera.

Eine Alles-ist-billig-billig-billig-und-das-macht-alle-glücklich-glücklich-glücklich!-Reklame polterte los und Frau Hoffmann schaltete den Ton weg. Sie schaute Paul an, als habe er zwei Nasen.

5. LIEBE UND LINSENSUPPE

»Ist was?«, fragte Paul.

»Nein, nein.« Seine Mutter erhob sich vom Sofa und ging in die Küche.

Paul blieb sitzen. Er schaltete den Fernseher

aus und hörte Geschirr klappern. »Was gibt's zum Mittagessen?«

»Linsensuppe.«

Paul seufzte und streckte sich lang auf den Polstern aus. »Heute ist einfach kein guter Tag. Dann habe ich keinen Hunger.«

»Das kann nicht sein.« Frau Hoffmanns Kopf erschien in der Wohnzimmertür. »Du hattest sechs Stunden Schule und danach habt ihr Fußball gespielt, oder nicht?«

Paul nickte verdrossen.

»Wie ist es denn ausgegangen?«

Paul winkte ab. »Mia kann meine Portion haben. Die steht doch auf Suppen.«

Wenn Pauls große Schwester Diät machte – und das tat sie häufig –, ernährte sie sich vor allem von Suppen, und weil ihre Diäten sie in der Regel hungrig machten, aß sie gern zwei Teller.

»Mia ist nicht da!« Die Mutter war wieder in der Küche verschwunden.

»Schon wieder nicht?«

»Wir sind bei Mia wohl gerade abgemeldet«, rief Frau Hoffmann.

Das kann nur eins bedeuten, dachte Paul. Mia hat einen neuen Freund.

»Wie sieht ihr Neuer denn aus?«, fragte Paul in Richtung Küche und schob sich ein Kissen unter den Kopf.

»Ich habe ihn selbst noch nicht gesehen.« Die Mutter erschien wieder in der Wohnzimmertür. Sie hatte eine Suppenkelle in der Hand und lächelte. »Aber Mia ist sicher, dass du mit ihm gut klarkommst.«

»Wieso?«

»Er ist Fußballer – und Brasilianer.«

Paul setzte sich sofort auf. »Wie heißt er? Wo spielt er?«

Die Mutter legte die Stirn in Falten. »Sein Name kam mir irgendwie bekannt vor. Ich glaube, er spielt beim 1. FC.« Sie winkte mit der Kelle. »Du hast ganz sicher keinen Hunger?«

Paul schüttelte den Kopf.

»Weißt du was?«, sagte Frau Hoffmann. »Ich tu noch ein Wiener Würstchen in die Suppe!«

»Das klingt gar nicht schlecht«, sagte Paul und

stand auf. »Aber könntest du nicht zwei Würstchen reintun und die Suppe weglassen?«

Ein paar Minuten später verschlang Paul drei Würste. Ohne Suppe, aber mit reichlich Ketchup und Senf. Frau Hoffmann machte den Fernseher an, schaltete den Ton weg und setzte sich zu ihrem Sohn.

»Schmeckt's?«

»Mhm.« Allmählich fühlte Paul sich besser. »Danke für die leckere Suppe. Schmeckt gar nicht so sehr nach Linsen.«

»Gern geschehen.« Die Mutter lächelte. »Du sahst aus, als könntest du's brauchen. Was war heute in der Schule los?«

»Nicht so wichtig«, sagte Paul.

Frau Hoffmann wusste sofort, dass es doch wichtig war und worum es ging. Die Schulmeisterschaft am Samstag in vierzehn Tagen stand fest in ihrem Kalender. Schließlich hatten Mia und sie Paul versprochen bei den Spielen der 5c zuzuschauen.

»Ich glaube, ich werde nicht aufgestellt«, sagte Paul.

»Was?! Na warte!« Frau Hoffmann sprang vom Tisch auf und schaute sich nach dem Telefon um. »Ich rufe Frau Neid mal an. Das kann sie nicht machen! Ich werde …«

Paul griff nach ihrem Arm.

»Mama! Gar nichts wirst du! Lass das bloß sein. Das wäre total peinlich. Niemand kommt in eine Mannschaft rein, nur weil seine Mama beim Trainer anruft.« Paul stand auf und schob seinen Stuhl heftig weg. »Stell dir das mal vor: Sebastian Deisler sitzt bei Bayern München auf der Bank und seine Mutter bettelt den Trainer an: *Bitte, lassen Sie meinen Basti mitspielen!* Das ist das Allerletzte!«

Paul verschwand in seinem Zimmer und ließ seine Mutter erschrocken zurück.

An seinem Schreibtisch klappte er das Paulinho-Heft auf und machte sich an seine Aufzeichnungen. Er schrieb den Rest des Freitags, den ganzen Samstag und den ganzen Sonntag. Nur am Samstag um achtzehn Uhr unterbrach er seine Arbeit für die »Sportschau«.

Der Bundesliga-Spieltag war genauso verlau-

fen wie das Klassenspiel. Die Bayern hatten glücklich gewonnen und die vertrottelte Konkurrenz hatte die Punkte abgegeben. 5a schlägt 5c. Bayern und Bulli sind schnell und Mainz und Paul sind langsam. Das war normal. Gut, dass es nicht nur die normale Welt gab. Kaum war die »Sportschau« zu Ende, griff Paul wieder zum Stift und verwandelte sich in Paulinho.

6. SAMBA BEI SANTOS

Pelé brachte mich also höchstpersönlich zum ersten Training beim FC Santos. Er lenkte sein ganz normales Luxusauto lässig durch den chaotischen Verkehr von São Paulo. Wir unterhielten uns auf Portugiesisch. Seltsam, es kam mir vor, als hätte ich diese Sprache schon immer gesprochen.

»Was ist deine Lieblingsposition, Paul?«

»Innenverteidiger«, sagte ich. »Oder Libero. Wenn's den noch gäbe.«

Pelé war überrascht. »Als ich in deinem Alter war, wollte ich immer stürmen. Alle wollten stürmen. Jeder wollte die Tore schießen. Tore, Tore und noch mal Tore. Etwas anderes interessierte uns nicht. Abwehrspieler zu sein war wie eine Strafe. Nur eins war noch schlimmer: im Tor stehen.«

»Deshalb hattet ihr früher auch nie großartige Torhüter«, sagte ich. »Bis auf Taffarel und neuerdings Dida vom AC Mailand.«

Pelé grinste. »Wir sind trotzdem häufiger Weltmeister geworden als alle anderen.«

»Auch ihr seid nie ohne Torhüter und Verteidiger ausgekommen, oder etwa nicht?«

»Stimmt.«

»Ich finde Verteidigen toll«, sagte ich. »Stell dir vor: Ein Klassestürmer rast auf dich zu. Er denkt schon, er sei vorbei, aber du spitzelst ihm im letzten Moment sauber den Ball vom Fuß. Super, oder?«

»Mir war's immer lieber, wenn ich vorbeigekommen bin«, sagte Pelé.

»Oder du bist Torwart und ein Gegenspieler feuert einen Hammer ab«, fuhr ich fort. »Es ist der Typ mit dem härtesten Schuss. Marke unhaltbar. Jeder denkt: Der ist drin. Deine Gegner jubeln schon. Aber du fischst den Unhaltbaren aus dem Winkel heraus.«

Ich deutete einen Hechtsprung an, so gut das geht, wenn man auf dem Beifahrerplatz angeschnallt ist. Es geht nicht sehr gut.

Pelé schaute zu mir herüber und lachte.

»Das muss ein Wahnsinnsgefühl sein, oder?!«, rief ich.

»Dieses Gefühl kenne ich nicht. Aber, so wie du's erzählst, kann ich mir's vorstellen. Du hast viel Fantasie. Das ist gut. Davon haben zu viele Spieler heutzutage viel zu wenig.«

Wir erreichten eine zehnspurige Autobahn. Während Pelé sich geschickt zwischen unzähligen anderen Autos hindurchfädelte, fachsimpelten wir eifrig weiter.

»Weißt du, was unser Trainer Lopez schon vor der WM 1970 gesagt hat?«

Ich hätte die Antwort gewusst, aber Pelé fuhr gleich fort.

»Defensive heißt nichts weiter, als dass der Gegner im Ballbesitz ist. Alle müssen helfen ihn zurückzuerobern und danach können alle sich sofort wieder um das kümmern, um was es geht: Tore schießen. Auch die Verteidiger. Die durften bei uns schon zu meiner Zeit Tore machen. Da traute sich in Europa noch kein Verteidiger über die Mittellinie.«

»Heute sind einige brasilianische Abwehrspieler torgefährlicher als mancher Stürmer«, sagte ich. »Lucio und Roberto Carlos zum Beispiel.«

Pelé nickte anerkennend. »Du kennst dich in unserem Fußball gut aus.«

»Geht so.«

»Wie offensiv spielst du?«

»Ich gehe gern mit nach vorne«, erzählte ich. »Ich liebe Fernschüsse und Kopfbälle nach Ecken.«

»Franz hat mir versichert, dass er noch nie einen so talentierten Jungen wie dich gesehen hat. Er sagte, du hättest kaum Schwächen.«

Ich wurde ein wenig rot. Ein Lob von Franz Beckenbauer persönlich bekommt sicher nicht jeder zehnjährige Junge überbracht. Aber ich schüttelte den Kopf.

»Stimmt nicht. Ich bin nicht gerade schnell und ich schieße mit links viel schlechter als mit rechts.«

»Daran werden wir arbeiten«, sagte Pelé.

Wir unterhielten uns so angeregt, dass ich gar nicht bemerkte, wie wir die Autobahn wieder verließen. Ein weitläufiges Sportgelände in einer grünen Hügellandschaft voller Palmen tauchte vor uns auf. Pelé hielt vor einem Schlagbaum und winkte dem Pförtner zu. Der hob einen Daumen und lachte und Pelé tat dasselbe. Die Schranke öffnete sich. Pelé und ich fuhren gemeinsam auf das Gelände des FC Santos. Ich spürte dasselbe Kribbeln im Magen wie vor einem wichtigen Spiel.

Die Mannschaft trabte gerade um einen Rasenplatz herum. Das Gras glänzte im Sonnenlicht in einem wunderbaren Grünton. Der Trainer, ein grauhaariger, drahtiger Mann in kurzer Hose und mit einer Trillerpfeife im Mund, beobachtete sie dabei genau. »Marco, beweg deinen müden Arsch!«, rief er barsch und pfiff. »Gilmar und Marcelo, lauft ihr jetzt mal oder braucht ihr erst 'ne Gehaltskürzung?!«

Er pfiff wieder. Die Spieler trabten etwas schneller.

»Das ist Mario Zagalo«, sagte Pelé. »Ich kenne ihn gut. Ich habe früher mit ihm zusammengespielt. Er tut gern mal so, als wäre er ein harter Hund. Lass dich davon nicht einschüchtern. In Wirklichkeit ist er ganz in Ordnung.«

Wir gingen zu ihm hin.

»Hallo, Mario«, sagte Pelé. »Ich habe den versprochenen Besuch mitgebracht.«

Der Trainer des FC Santos streckte mir die Hand entgegen und schaute mich herausfordernd an.

»Guten Tag, Herr Zagalo«, sagte ich ziemlich leise und versuchte seinem Blick nicht auszuweichen. »Ich bin Paul Hoffmann.«

Zagalos Händedruck war hart wie von einer Eisenzange. Ich ließ mir nichts anmerken.

»Ach, das Wunderkind aus Deutschland!« Zagalo grinste angriffslustig. »Herzlich willkommen. Du kommst gerade recht. Wir wollen zum Abschluss noch ein

Trainingsspiel machen. Da kann ich gleich mal schauen, ob du mithalten kannst. Hast du Schuhe und Sportklamotten dabei?«

Ich nickte.

»Dann wärm dich schnell ein bisschen auf!«

Ich trabte eine Runde um den Platz und Zagalo rief seine Spieler zusammen. Er zeigte auf mich und sagte etwas. Spöttisches Lachen wehte zu mir herüber. Zagalo winkte mich herbei.

Den meisten Spielern war anzusehen, dass sie noch nie von mir gehört hatten und mit mir nichts anzufangen wussten. Manche begrüßten mich mit einem Grinsen oder Kopfnicken, aber viele würdigten mich keines Blickes.

»Kannst du dir denn die Schuhe schon selber zubinden?«, fragte einer.

Die anderen lachten.

Ich antwortete nicht.

»Die Mannschaft, die Samstag gegen Flamengo anfängt, spielt gegen den Rest!«, bestimmte Zagalo. »Kleiner, du gehörst natürlich zum Rest. Ab ins B-Team. Sieh zu, dass du dich halbwegs in die Viererkette fügst, und achte darauf, was deine Mitspieler sagen. Nicht dass du aus Versehen dauernd die Abseitsfalle aufhebst.«

»Bestimmt nicht«, sagte ich.

Ein Spieler zeigte mir meinen Platz in der Innenverteidigung. Die beiden Teams formierten sich, Zagalo pfiff an und die A-Mannschaft legte los, als ginge es um die Meisterschaft. Die beiden besten Stürmer des FC Santos hießen Garrincha und Vava. Sie bekamen aus dem Mittelfeld einen Pass nach dem anderen, die meisten von einem langen Spieler namens Socrates. Sie nahmen seine Bälle dicht am Körper an und versuchten mich schwindelig zu spielen. Natürlich hielten sie mich für den Schwachpunkt der Abwehr. Ich musste mich höllisch konzentrieren, denn Garrincha und Vava tänzelten vor mir herum, als wären sie bei einem Samba-Fest. Sie täuschten und tricksten und machten einen Übersteiger nach dem anderen. Ich aber grätschte einfach im richtigen Moment dazwischen, nahm ihnen den Ball ab und leitete schnelle Gegenangriffe ein.

Nach einer Weile änderten sie ihre Taktik und versuchten mich zu überrennen. Ich reichte ihnen zwar nur bis zum Bauchnabel, aber nun bestand meine Antwort in geschickter Raumdeckung. Konsequent machte ich den Strafraum zu und brachte meine Mitspieler dazu, das Gleiche zu tun. Plötzlich hatten wir eine gute Viererkette und unser B-Team witterte Morgenluft. Wir kämpften und rackerten und hielten bis kurz vor Schluss ein 0:0.

Einmal warf ich im Getümmel einen Seitenblick zum Spielfeldrand. Ich sah Pelé und Mario Zagalo nebeneinanderstehen. Pelé nahm meinen Blick auf und ballte freudig die Faust. Der Trainer des FC Santos ließ sich nichts anmerken. Pelé sagte etwas zu ihm. Zagalo nickte und ich spürte die Anerkennung hinter seinem unbewegten Gesicht.

Im nächsten Moment erahnte ich im Mittelfeld einen Pass von Garrincha zu Vava und fing ihn ab. Beide blieben entnervt stehen und wir vom B-Team nutzten den Freiraum zu einem entschlossenen Konter. Ich überbrückte das Mittelfeld mit einem schnellen Doppelpass und bekam den Ball sofort wieder in den Lauf gespielt. Am Sechzehnmeterraum hatte ich noch zwei Gegner vor mir. Den ersten ließ ich mit einer schnellen Körpertäuschung aussteigen, den zweiten, indem ich zum Schuss ausholte. Er tat mir den Gefallen und warf sich heldenhaft in die vermeintliche Bahn des Balles. Nun hatte ich Platz, um tatsächlich draufzuhalten. Ich legte mir die Kugel noch einmal kurz vor und zog knallhart ab. Der Stammtorwart streckte sich wie eine Giraffe nach einem leckeren Blatt,

aber er kam nicht dran. Der Ball schlug unhaltbar im Winkel ein. Das ganze B-Team jubelte.

»Schnell!«, rief der geschlagene Torwart wütend. »Alle nach vorne!«

Er fischte den Ball aus dem Netz und schoss ihn zum Mittelkreis. Doch Mario Zagalo pfiff das Spiel ab.

»Das war's für heute, Leute! Das Training ist zu Ende. Endstand 1:0 für das B-Team. Schönes Tor im letzten Moment, Kleiner!«

Meine Mitspieler klopften mir anerkennend auf die Schulter und selbst einige aus dem A-Team kamen, um mir zu gratulieren.

»Gut gemacht, Paul.« Pelé strahlte. »Ich wusste, der Franz irrt sich nicht.«

Mario Zagalo schaute mich an. »Ich glaube, ich werde die Mannschaft, die am Samstag gegen Flamengo aufläuft, auf einer Position ändern. Was würdest du von einem FC-Santos-Trikot halten, auf dem Paulinho steht?«

Pelé lächelte mich an.

Paulinho, das bedeutet Paulchen auf Portugiesisch.

Mein Künstlername war geboren.

7. DIE SONDERGENEHMIGUNG

»So, du willst also eine Sondergenehmigung für den Jungen haben, Mario.«

Pelé strich sich gedankenvoll über das Kinn.

Mein erstes Training mit dem FC Santos war zu Ende und wir saßen im Büro des Trainers: Mario Zagalo, Pelé und ich.

»Damit würdest du mir einen großen Gefallen tun«, sagte Zagalo. »Und nicht nur mir, sondern dem ganzen Verein.«

»Ich habe schon selbst daran gedacht«, erwiderte Pelé bedächtig. »Aber …«

»Aber?«

»Ich habe Bedenken. Paulinho ist noch viel zu jung!«

»Zum Teufel mit deinen Bedenken!« Mario Zagalo schlug mit der flachen Hand auf seinen Schreibtisch. »Denk nicht kleinkariert, sondern an den FC Santos, und mach es, verdammt noch mal! Wozu bist du Sportminister?«

»Ich fürchte, dass es in sämtlichen Zeitungen sofort heißen wird: Wenn's um seinen FC Santos geht, macht Pelé alles möglich.«

»Quatsch!« Zagalo wischte den Einwand mit einer energischen Handbewegung beiseite. »Du musst ihnen nur klarmachen, dass du diese Sondergenehmigung jedem Verein geben würdest. Jeder Verein, der ein solches Ausnahmetalent hat, bekommt sie. Punkt. Niemand kann etwas dagegen haben. Wenn Grêmio Porto Alegre oder die Corinthians einen anderen Paulinho finden, bekommen sie eben auch ihre Sondergenehmigung.« Zagalo beugte sich vor, bis sein Gesicht dicht vor Pelé war. »Sie werden aber keinen finden. So einen gibt's nur einmal in hundert Jahren.«

»Mario, du hast Recht.« Pelé nickte. Erst unmerklich, dann deutlicher. »Ich werde es einrichten.«

»Ja!« Zagalo sprang auf und haute ihm auf die Schultern. Er ballte beide Fäuste. Dann wandte er sich an mich. Ich hatte schweigend zugehört.

»Wir werden dir noch heute einen Vertrag anbieten, Paulinho. Einen sehr guten Vertrag.«

»Ich glaube, ich darf so etwas noch gar nicht unterschreiben«, sagte ich und rutschte unruhig auf meinem Stuhl hin und her.

»Natürlich nicht!«, rief Zagalo. »Aber wozu hast du deinen Vater dabei? Wir kommen heute Abend in euer Hotel und werden mit ihm in aller Ruhe über die Sache sprechen. Ich bin sicher, wir werden uns einig!«

»Ich glaube, mein Vater möchte, dass ich zum FC Bayern gehe.«

»FC wie bitte?« Mario Zagalo hielt inne. Er runzelte ratlos die Stirn und tat so, als überlegte er. »Bayern?« Er grinste. »Nie gehört. Wer ist das?«

Na warte, dachte ich.

»Es ist nicht gerade ein besonderer Klub. Es ist nur der deutsche Rekordmeister und Rekordpokalsieger. Der Gewinner aller drei Europapokale, der Champions League und des Weltpokals.«

Zagalo hörte der Aufzählung aufmerksam zu. Er lächelte jetzt breit. »Ach ja, stimmt! Bayern München aus Deutschland! Schön. Dein Vater will also, dass du zu Bayern München gehst. Warum nicht? Aber darfst du bei denen überhaupt in der Bundesliga spielen?«

»Nein«, sagte ich und fügte hinzu: »*Noch* nicht.«

»Noch lange nicht!«, rief der Trainer des FC Santos. »Noch viele Jahre nicht! Die Regeln verbieten es! Du bist viel zu jung. Und den Deutschen sind ihre Regeln heilig. Aber bei uns kannst du spielen. Und zwar schon am kommenden Samstag gegen Flamengo Rio de Janeiro! Wir dürfen nämlich auf keinen Fall verlieren.«

Je mehr ich darüber nachdachte, desto größere Lust bekam ich, das Trikot des FC Santos überzustreifen. Ich glaubte allerdings nicht daran, dass mein Vater zustimmen würde.

Mario Zagalo, Pelé, der Präsident des FC Santos und er führten die Vertragsverhandlungen ohne mich. Kurz bevor die vier in ihrem Besprechungsraum verschwanden, drückte der Trainer mir ein paar Videokassetten in die Hand.

»Sämtliche Saison-Spiele von Flamengo«, sagte er. »Schau dir alles gut an, vor allem wie ihre Stürmer sich bewegen.«

Ich setzte mich brav in unser riesiges Zimmer in dem ganz normalen Luxushotel, das unsere erste brasilianische Bleibe war, und sah mir eine Aufzeichnung nach der anderen an. Aber ich konnte mich nicht konzentrieren. Nach zwei Stunden holte mein Vater mich endlich in den Besprechungsraum.

Der Präsident lachte mich an, breitete die Arme aus und drückte mich an sich. Er roch nach Schweiß und Männerparfüm. »Willkommen beim FC Santos, Paulinho!«

Pelé und Zagalo standen auf und schüttelten mir feierlich die Hand. Wir stießen an. Die Erwachsenen hatten ein Getränk, in dem ein Haufen Eiswürfel und grünliche Limonenstücke herumschwammen. Ich trank Mangosaft.

»Du bekommst das Trikot mit der Nummer drei«, sagte Pelé. »Die ist gerade frei. Ich hoffe, du magst diese Nummer, auch wenn sie sonst eher ein Außenverteidiger als ein Innenverteidiger trägt.«

»Jippie!«, rief ich.

Was für ein Glück! Die Drei war meine Stammnummer! Ich hatte noch nie eine andere getragen. Drei sind die ersten Plätze: Gold, Silber und Bronze, drei Tore hintereinander in einer Halbzeit sind ein Hattrick. Dreimal musste Brasilien Weltmeister werden, um den Pokal behalten zu können. Drei ist die beste Zahl im Universum. Und nun war die Drei bei Santos für mich frei.

Spätabends saß ich noch allein mit meinem Vater in unserem Hotelzimmer. Papa hatte die Krawatte und sein elegantes Jackett abgelegt. Er fläzte barfuß auf dem Sofa und erklärte mir ausführlich, warum er den Vertrag unterschrieben hatte.

»Du kannst hier sofort bei den Erwachsenen auf dich aufmerksam machen, mein Junge. Und du bekommst ein Handgeld dafür, das ich für dich verwalte. Einhunderttausend Dollar, die jedes Mal fällig werden, wenn …«

»Waoh!«, rief ich. »Einhunderttausend Dollar sind ganz schön viel Geld für eine halbe Saison, oder?!«

Die brasilianische Liga hatte schließlich schon mehr als die Hälfte aller Spieltage hinter sich.

»Wer redet von Saison?« Mein Vater schüttelte den Kopf. »Du bekommst natürlich hunderttausend pro Spiel. Der Hauptgrund dafür, dass du nun beim FC Santos spielst, ist aber ein ganz anderer.«

»Welcher Grund ist es denn?«, fragte ich zaghaft.

»Ich brauche dich als Spieler des FC Santos, um meinen Job machen zu können«, sagte er verschwörerisch.

Ich verstand kein Wort.

Papa seufzte. »Dortmund und Schalke wieder nach vorn zu bringen war schon hart genug. Doch der FC Santos hat noch viel größere Geldprobleme.« Er kniff die Augen zusammen und schaute mich an. »Aber was soll's.« Dann kam eine bedeutungsvolle Pause. »Das ist ganz einfach: Nach ein paar Monaten bei Santos wirst du zu Bayern München wechseln. Deine Ablösesumme wird den FC Santos retten.«

»Paauuuuuulinho! Paauuuuuulinho!«

Dreißigtausend Zuschauer schrien aus voller Kehle meinen Namen.

»Pauuuu!« Lang gezogen schwoll die erste Silbe immer weiter an und wurde immer höher. Sie steigerte sich bis zu einem gellenden Oberton. Dann kippte sie um und endete in einem kurzen »Linho!!!!!«. Immer aufs Neue, immer weiter.

Vava und Garrincha nahmen mich in die Mitte und fassten meine Hände. Wir liefen gemeinsam zur Kurve der wildesten Fans, warfen uns auf den Boden und schlitterten den Zuschauern entgegen. Mario Zagalo lief jubelnd vor der Gegentribüne hin und her. Er winkte mich herbei und umarmte mich. Die Leute auf der Tribüne schenkten uns donnernden Applaus. Weit oben erspähte ich Pelé und meinen Vater. Sie hatten die Arme hoch über die Köpfe gehoben und klatschten wie verrückt. La Ola brandete durch das Stadion.

Wir hatten den Tabellenführer Flamengo Rio de Janeiro 3:0 geschlagen.

Ich war an der Vorbereitung der ersten beiden Tore beteiligt gewesen und hatte das dritte mit einem Flugkopfball selbst erzielt. Vor allem aber war es mir gelungen, die Viererkette von Santos zusammenzuhalten und Flamengos gefürchteten Sturm nicht zur Entfaltung kommen zu lassen.

Besser hätte es nicht laufen können. Ich war überglücklich. Ich suchte Blickkontakt zu meinem Vater. Wir waren einander nah und fern, wie so oft in unserem Leben.

8. DIE KICKER DER TAFELRUNDE

»Guten Morgen zusammen!«, rief die Lehrerin der 5c schwungvoll.

»Guten Morgen, Frau Neid!«, erwiderten die Kinder im Chor. Die Tische waren beiseitegeräumt und die Stühle im Kreis aufgestellt worden. Das geschah jeden Montag in der ersten Stunde für die allgemeine Montags-Gesprächsrunde. Frau Neid sprach ein paar einleitende Worte.

»Ich hoffe, ihr hattet ein schönes Wochenende«, sagte sie. »Was mich betrifft, bin ich ganz zufrieden. Das Wetter war gut, ich habe mit meiner Frauenmannschaft einen Sieg gelandet und ich habe mich bei meiner Gartenarbeit gut erholt.«

»Das ist doch nicht erholsam«, sagte Timo.

»Für mich schon.« Die Klassenlehrerin lächelte. »Das Einzige, was gefehlt hat, war ein Ausrutscher der Münchner Bayern … Am Ende gewinnen die wieder die Meisterschaft!«

Sofort erhob sich ein wildes Durcheinander von Stimmen. Die einen pflichteten der Lehrerin jubelnd bei und die anderen widersprachen empört. Wie überall gab es auch in der 5c große Bayern-Fans und strenge Bayern-Gegner.

Frau Neid hob die Hände. »Keine Panik! Ich wollte nur testen, ob ihr wach seid. Und jetzt ist Marlene dran.«

Marlene hatte sich inzwischen zu Wort gemeldet. Sie kam sofort zur Sache.

»Ich will etwas zur Schulmeisterschaft sagen. Ich finde, sie wird viel zu wichtig genommen. Ich habe zwar noch Lust mitzuspielen, aber das Wichtigste ist für mich nicht, dass wir um jeden Preis gewinnen, sondern dass wir dabei Spaß haben. Und zwar alle aus der Klasse.«

Hanno zog sofort misstrauisch die Augenbrauen zusammen. »Wie meinst du das?«

»Ganz einfach«, erwiderte Marlene. »Jeder, der in unserer Mannschaft mitspielen will, sollte

das auch dürfen. Egal ob er superklasse spielt oder nicht.«

»So ein Blödsinn!«, rief Goran.

»Wenn bei dem Turnier nicht die Besten spielen, brauchen wir gar nicht erst teilzunehmen«, meinte Timo und erntete allgemeine Zustimmung. Auch Paul nickte heftig und flüsterte Marlene zu: »Red doch nicht so einen Quatsch!«

Marlene fuhr unbeirrt fort: »Ich finde, beim Turnier sollte jeder mal spielen, und die Jungs, die sich für große Stars halten, sollten genauso ausgewechselt werden wie alle anderen.«

Plötzlich herrschte große Unruhe. Hanno und Goran protestierten heftig und Paul und einige andere stimmten ihnen zu. Frau Neid sorgte für Ruhe und ergriff das Wort.

»Marlene hat in einigen Punkten Recht«, sagte sie. »Es bringt gar nichts, wenn wir nur Stars haben, die sich selbst bewundern und nicht abspielen können. Aber natürlich brauchen wir für die Meisterschaft die besten Spieler, wenn wir so gut wie möglich abschneiden wollen.«

Die Lehrerin machte eine bedeutungsvolle

Pause und ließ ihren Blick den Stuhlkreis entlangwandern.

»Aber die können nur gut sein, wenn alle sie unterstützen und alle zusammenhalten. Dabei ist die ganze Klasse gefragt, ob als Zuschauer oder als Spieler!«

Frau Neid verstummte, um ihre Worte wirken zu lassen. Beipflichtendes Gemurmel erhob sich. Die Lehrerin lächelte spitzbübisch und fuhr fort: »Ich möchte dem Kollegen Adler unbedingt zeigen, dass nicht nur seine Klasse gut Fußball spielen kann.«

»Genau!«, rief Paul. »Zeigen wir es dem Adler und rupfen seine Küken!«

»Küken, das ist gut!«, rief Goran. »Wir werden die Adler-Küken rupfen!«

Timo und Hanno lachten und begannen heftig zu klatschen. Die anderen fielen nach und nach ein und Hanno mischte sein *»We are the champions!«*-Geheul dazwischen. Nur Marlene machte ein verdrießliches Gesicht. »Was soll das?«, zischte sie hinüber zu Paul. »Ich wollte dir helfen.«

»Danke, ich verzichte«, zischte Paul zurück. »Ich will nicht aus Gnade mitspielen, kapiert?! Ich will mitspielen, weil ich gut genug dafür bin!«

Marlene verdrehte die Augen.

Frau Neid ergriff noch einmal das Wort. »Ich denke, die Sache ist klar: Wir müssen bei der Schulmeisterschaft mit der besten Mannschaft antreten. Aber wer auch immer am Ende dazugehört, sollte eines nicht vergessen: Niemand hat Grund, sich etwas darauf einzubilden, dass er besser Fußball spielt als ein anderer.«

Die Lehrerin ließ ihren Blick erst auf Hanno, dann auf Goran ruhen. Goran senkte die Augen, Hanno grinste unsicher. Dann sagte Frau Neid:

»Wir werden nur etwas erreichen, wenn wir uns gegenseitig unterstützen. Nur wenn wir es schaffen, als ganze Klasse eine Mannschaft zu sein, sind wir richtig gut!«

Als Frau Neid endete, trat für einen Moment eine fast feierliche Stille ein. Dann bekam die Lehrerin tosenden Applaus. Alle waren überwältigt, selbst Hanno und Goran. Es schien, als habe sich der Stuhlkreis in König Artus' Tafelrunde verwandelt, wo sich die edlen Ritter gegenseitige Treue schworen. So führte die Montagsrunde der 5c zu großem Teamgeist und dem festen Glauben an den Sieg bei der Schulmeisterschaft.

Für Paul endete die Begeisterung am späteren Vormittag allerdings mit einer herben Enttäuschung.

In den Sportstunden stand er als Innenverteidiger seiner Mannschaft auf vollkommen verlorenem Posten. Hanno überlief ihn ein ums andere Mal und tunnelte ihn einmal sogar. Goran dribbelte Paul schwindelig, bis er das Gefühl hatte, der Boden schwanke wie ein Schiff in schwerer See. Kurz vor Schluss fälschte Paul auch noch eine Flanke von Marlene ins eigene Tor ab.

Als Frau Neid das Spiel abpfiff, fühlte er sich weiter von einem Platz in der Klassenmannschaft entfernt als jemals zuvor. Die anderen versuchten ihn aufzumuntern.

»Das Eigentor war Pech«, sagte Marlene. »Kann jedem passieren.«

Die Lehrerin klopfte ihm tröstend auf die Schulter.

»Es lief zwar nicht rund«, sagte sie. »Aber du hast sehr gut gekämpft, Paul.«

Sogar Hanno und Goran hatten den Geist der Montagsrunde noch nicht vergessen.

»Denk beim nächsten Mal dran, die Beine zusammenzuhalten, Lexikon«, sagte Hanno. »Dann kann dich keiner tunneln.«

Paul schwieg.

Hanno zog die Stirn in Falten. »Was man mit deiner Lahmar… äh, Langsamkeit machen kann, weiß ich allerdings nicht. Wahrscheinlich musst du einfach rennen üben. Rennen, rennen, rennen. So lange, bis du schneller bist.«

Goran bot Paul an, ihm auf der Stelle einen seiner besten Dribbeltricks zu zeigen, einen doppelten Übersteiger, aber Paul fühlte sich nicht danach. Er war völlig geknickt und wollte nur nach Hause.

Auf dem Heimweg grübelte und grübelte er. Wie konnte er es doch noch in die Mannschaft schaffen? Wie konnte er verhindern, dass Gegenspieler ihn tunnelten, umdribbelten, austricksten oder überliefen? Wie nur?

Paulinho passierte das so gut wie nie. Bei dem lief es immer wie von selbst.

Zu Hause setzte Paul sich an seinen Schreibtisch. Das Heft mit den beiden Fahnen auf dem Umschlag lag bereit. Paul zückte den Stift. Großes wartete auf sein zweites Ich.

9. DER JÜRGEN AM TELEFON

Am Morgen nach dem Spiel gegen Flamengo brachte Pelé mir einen Haufen Zeitungen ins Hotel. Staunend betrachtete ich die Schlagzeilen:

Wunderkind fegt Tabellenführer weg!

Paulinho: das brasilianische Deutschland-Wunder!

Zauberzwerg schlägt Flamengo!

Paulinho – ein Außerirdischer?

3:0 – Kraft und Magie eines kleinen Vulkans!

DER NEUE STAR – PELÉCHEN IST DA!!

Ich hätte die Berichte gern meinem Vater gezeigt, aber der war früh aufgestanden und saß längst wieder in seinem Büro. Obwohl Sonntag war. Ich hörte, wie draußen auf der Straße jemand meinen Namen rief, und dann noch jemand. Stimmen klangen durcheinander und übertönten sich gegenseitig. Dann vereinten sie sich zu einem Chor.

»Paulinho! Paulinho! Paulinho!«

Ich trat ans Fenster. Der Chor steigerte sich zu einem aufgeregten Jubel. Vereinzelt hob sich ein wildes Kreischen davon ab. Unten auf der Straße stand eine Menschentraube. Ich starrte auf unzählige winkende Arme und FC-Santos-Fahnen.

Ich winkte zurück.

»Pauuuu!!! Linho!!!«

Ein Mädchen kreischte besonders laut und fiel um.

Erschrocken zog ich mich ins Hotelzimmer zurück. Pelé trat zu mir und legte mir die Hand auf die Schulter. Er schaute mich an.

»Paul, dein altes Leben ist zu Ende«, sagte er. »Du bist nicht mehr Paul. Nun bist du Paulinho. Ob du willst oder nicht.«

»Die Leute werden sich schon wieder beruhigen«, erwiderte ich.

Pelé schüttelte den Kopf. »Ich fürchte, das werden sie nicht. Ich habe Erfahrung damit. Bei mir beruhigen sie sich schon seit fünfzig Jahren nicht.«

Es klopfte an unserer Zimmertür.

Ich wollte öffnen, aber Pelé hielt mich zurück. »Erst müssen wir wissen, wer das ist.«

Es war der Portier. Er schleppte einen Korb ins Zimmer. Hunderte von Briefen lagen darin.

»Herr Paulinho, die sind unten für Sie abgegeben worden.« Er verbeugte sich und Pelé gab ihm ein Trinkgeld.

Ich nahm einen Umschlag, der mit einem handgemalten roten Herz verziert war, aus dem Stapel, öffnete ihn und faltete das Papier auseinander:

Paulinho, ich liebe Dich über alles!

Bitte bleibe für immer bei mir und beim FC Santos!

Deine Silvana (11 Jahre, Santos-Fan seit 11 Jahren)

Tut mir leid, Silvana, dachte ich. Das wird nicht klappen.

Papa und ich zogen in eine ganz normale Luxusvilla am Rand von São Paulo. Dort war die Luft viel besser als im Herzen der Riesenstadt. Rund um unser Grundstück wuchsen Palmen und Mangobäume. Das ganze Viertel

war eingezäunt und wurde Tag und Nacht bewacht. Das gefiel mir nicht sonderlich, aber Pelé und mein Vater sagten, es ginge nicht anders.

Ich spielte mit dem FC Santos gegen Cruzeiro Belo Horizonte, gegen Vasco da Gama und in aufregenden Lokalderbys gegen Palmeiras São Paulo und die Corinthians.

Wir konnten zwar nicht mehr Meister werden, aber wir kletterten in der Tabelle noch von Platz vierzehn bis auf Platz drei. Ich organisierte die Abwehr und verlor fast nie einen Zweikampf.

Wenn es doch einmal passierte, spornte es mich derartig an, dass das Spiel danach noch viel besser lief.

Mein Vater schuftete täglich viele Stunden in seinem Büro. Bei den Spielen saß er immer neben Pelé auf der Ehrentribüne und abends berichtete er mir von all den Fernseh-Anfragen, die jeden Tag haufenweise auf seinem Schreibtisch landeten. Sie kamen aus aller Welt, die meisten natürlich aus Brasilien und Deutschland. Papa lehnte fast alles ab. Ich sollte mich lieber ganz auf den Fußball konzentrieren.

So bekamen in Deutschland nur der »Kicker« und die kleine Lokalzeitung aus unserer Heimatstadt einen Termin mit mir.

Papa erzählte mir auch, dass nacheinander drei Besitzer von großen Fußballklubs bei ihm angerufen hatten: Herr Abramowitsch, Herr Pérez und Herr Berlusconi. Der erste wollte mich zu Chelsea London holen, der zweite zu Real Madrid und der dritte war drauf aus, mich für den AC Mailand zu verpflichten.

Alle Angebote waren so schwindelerregend hoch, dass sogar mein Vater staunte. Aber wir lehnten wieder alles ab. Vorerst fühlte ich mich beim FC Santos wohl und der Gedanke, eines Tages mit Michael Ballack zusammenzuspielen, reizte mich noch ein bisschen mehr als Doppelpässe mit Lampard, Schewtschenko oder Raul.

Zweimal kamen Mama und Mia zu Besuch nach São Paulo. Ich freute mich sehr und sie staunten über mein neues Leben. Meine Mutter machte sich ein wenig Sorgen darüber, dass ich abheben und ein größenwahnsinniges kleines Ekel werden könnte. Pelé beruhigte sie.

»Keine Angst, Frau Hoffmann«, sagte er. »Paulinho bleibt schön auf dem Teppich. Dafür sorge ich höchstpersönlich.«

Eines Abends entspannte ich mich auf meinem ganz normalen Luxussofa mit Blick in unseren ganz normalen Paradiesgarten, als mein Mobiltelefon klingelte.

Meine Nummer war natürlich streng geheim. Nur meine Familie, Pelé, Marlene und ein paar Freunde kannten sie.

»Hallo, hier ist Paul«, meldete ich mich.

»Hallo, hier ist der Jürgen«, erwiderte der Anrufer mit süddeutschem Akzent und kicherte schelmisch.

»Jürgen?« Ich überlegte. »Ich glaube, ich kenne keinen Jürgen. Vielleicht hast du dich verwählt?«

»Ich glaube nicht. Oder spreche ich etwa nicht mit dem neuen, außergewöhnlich jungen deutschen Innenverteidiger, der seit Monaten in Brasilien beim FC Santos auf sich aufmerksam macht? Paul Hoffmann, genannt Paulinho?«

»Doch.«

»Na also! Ich finde es ganz, ganz toll, endlich einmal persönlich mit dir zu sprechen, Paul! Oder soll ich Paulinho sagen? – Also, Paulinho, ich habe dich in den letzten Monaten oft beobachtet, und was ich da von dir gesehen habe, das hat mir ganz fantastisch ausgezeichnet gefallen!«

»Wenn Sie ein Interview wollen, müssen Sie sich an meinen Vater wenden«, unterbrach ich ihn.

»Ich will kein Interview. Ich möchte dich einladen.« Der Anrufer lachte fröhlich. »Du hast mich noch nicht erkannt, oder?« Er hielt kurz inne und rief: »Kein Wunder! Wie dumm von mir! Ich habe mich gar nicht vorgestellt. Wir sind uns noch nicht persönlich begegnet, aber du wirst mich kennen. Ich bin der Jürgen Klinsmann.«

Da war ich ganz kurz doch etwas aufgeregt. Der Teamchef persönlich!

»Hast du Mitte April schon was vor, Paul?«, erkundigte Klinsmann sich.

»Normalerweise trainiere ich jeden Tag mit dem FC Santos«, erwiderte ich.

»Ich werde eine Freigabe für dich erwirken«, erklärte Klinsmann. »Ich fände es ganz außergewöhnlich prima, wenn du nach Berlin fliegen und an einem Trainingslager der Nationalmannschaft teilnehmen würdest.«

Ich schnappte vor Freude nach Luft.

»Hallo?«, fragte Klinsmann. »Paulinho? Alles in Ordnung bei dir?«

»Ja klar!!« Ich schnaufte noch einmal tief durch. »Aber, äh, bin ich nicht zu jung für Länderspiele?«

»Ich sage dir was, Paulinho«, erwiderte der Bundestrainer. »Du kennst doch meinen Kollegen Otto Rehhagel, oder?«

»Ja«, sagte ich. »Der war fünfzehn Jahre lang Trainer

bei Werder Bremen und außerdem hat er es fertiggebracht, Griechenland zum Europameister zu machen.«

»Richtig, Paulinho. Und dieser Otto Rehhagel hat einmal was gesagt, das sehr richtig und sehr wichtig ist: Es gibt nicht alt oder jung. Es gibt nur gut oder schlecht. Verstehst du?«

»Ja.«

»Also kann ich mit dir rechnen?«

»Ja, aber …«, sagte ich.

»Aber was?«, fragte Klinsmann.

»Aber mein Vater muss auch einverstanden sein«, sagte ich kleinlaut.

»Natürlich, Paulinho. Mit dem habe ich längst geredet!«, rief Klinsmann. »Sehr, sehr schön, dass du kommst. Das finde ich ganz, ganz wunderbar! Bis dann!«

Klick.

Weg war er und ich saß immer noch auf dem ganz normalen Luxussofa. Nur hatte ich jetzt eine Einladung zur deutschen Nationalmannschaft in der Tasche.

10. TRAINING MIT RONALDINHO

Am Tag nach Klinsmanns Anruf holte Pelé mich vom Training ab.

»Weißt du, wer mich gestern angerufen hat?!«, rief ich schon von weitem und schickte gleich die Antwort hinterher: »Jürgen Klinsmann!«

»Gratuliere!« Pelé grinste vieldeutig. »So ein Zufall, ich habe nämlich auch eine Überraschung für dich. Kannst du noch eine besondere Trainingseinheit vertragen oder hast du für heute genug von Fußball?«

»Ich habe nie genug von Fußball«, erwiderte ich.

Wir fuhren zu einem wunderschönen Sportgelände am Meer. Nachdem wir die Kontrollen passiert hatten, führte Pelé mich zu einem Fußballplatz, auf dem sich eine Gruppe von Spielern tummelte. Sie bewegten sich locker und selbstbewusst und kamen mir bekannt vor. Einer von ihnen trug einen Pferdeschwanz. Es war Ronaldinho. Er unterhielt sich mit einem stämmigen Kurzhaarigen.

Der lachte auf und zeigte seine kräftigen Hasenzähne. Ronaldo.

Ein paar Meter dahinter sah ich Roberto Carlos, Cafu und Zé Roberto stehen. Sie spielten sich einen Ball immer wieder mit den Hacken zu, ohne dass er ein einziges Mal den Boden berührte.

Ich war zu Gast bei der Seleção, bei Brasiliens Nationalelf!

Lucio, Adriano, Denilson, Juninho, Kaka, Robinho, Emerson, Dida und, und, und … Sie waren alle da. Ich schlenderte zu ihnen hinüber und versuchte so zu tun, als sei nichts dabei.

»Hallo, Kleiner!«, sagte Ronaldinho und grinste. »Wir haben schon viel von dir gehört.«

Mein erstes Training mit den besten Spielern der Welt machte riesigen Spaß. Alle waren von Anfang an nett zu mir und alberten ständig herum, sogar bei den schwierigsten Übungen.

Kein einziger Spieler zeigte beim Training Star-Allüren, nicht mal Ronaldinho. Er zeigte mir sogar gleich ein paar Tricks, die ich noch nicht kannte. Ich muss zugeben, dass ich nicht jede Zauberei, die er mit dem Ball anstellte, rich-

11

tig nachmachen konnte. Aber er klopfte mir auf die Schulter und meinte, er wäre in meinem Alter nicht besser gewesen als ich.

Pelé fand es selbstverständlich, dass die Spieler sich normal benahmen, obwohl sie so berühmt waren.

»Keiner von denen, die hier sind, hat Grund, auch nur das kleinste bisschen eingebildet zu sein«, sagte er zu mir, als wir während einer kleinen Entspannungspause am Spielfeldrand plauderten. »Jeder ist austauschbar. Denn wir haben in Brasilien Hunderte von Spielern, die gut genug für die Nationalmannschaft sind. Nicht einmal Ronaldo und Ronaldinho können ihren Platz automatisch beanspruchen. Das war schon zu meiner Zeit so. Meine Mitspieler waren 1962 auch ohne mich stark genug, um das Endspiel gegen die Tschechoslowakei zu gewinnen. Die brauchten mich gar nicht!« Pelé lachte. »Wer sich bei der Seleção für etwas Besseres hält, kann das Trikot gleich wieder ausziehen.«

Der Trainer Alberto Parreira pfiff, winkte die Spieler zu sich und begann zwei Mannschaften für ein Trainingsspiel einzuteilen.

»Auf, Paulinho!« Pelé gab mir einen Klaps. »Spiel locker, aber nicht lässig!«

Ich nahm es mir fest vor, aber es lief nicht sehr gut.

Ich hatte Adriano und Robinho gegen mich und beiden gelang ein Tor. Das Trainingsspiel endete schließlich 2:2. Ich hatte immerhin die Vorlage zum Ausgleich gegeben, aber ich war trotzdem ziemlich zerknirscht. Die berühmten Stürmer munterten mich auf. Adriano sagte, ich sei als Gegenspieler genauso unangenehm wie der holländische Hüne Iaap Stam und der sei mindestens zwei Meter größer als ich.

Robinho lachte und behauptete, gegen mich sei der Abwehrriegel des AC Mailand eine löchrige Angelegenheit. Er habe schon gedacht, er würde kein Gegenmittel finden, und dass es schließlich doch noch geklappt habe, sei Glück gewesen.

Pelé versicherte, ich hätte mich trotz der beiden Gegentore für einen Neuling außergewöhnlich gut geschlagen. Ich tröstete mich schließlich damit, dass ich gegen zwei internationale Klassestürmer gespielt hatte und dass es nur ein Übungsspiel gewesen war. Wo sollte ich etwas dazulernen, wenn nicht bei der weltbesten Nationalmannschaft?

Nach dem Training schüttelten mir alle die Hand, als sei ich schon immer dabei gewesen. Pelé stand dabei und strahlte, als der Trainer Alberto Parreira mir einen Zettel überreichte.

»Hier sind unsere nächsten Termine«, sagte er.

Ich warf einen Blick auf das Blatt Papier:

13.–15.4.	**Trainingslager in Recife**
16.4.	**Länderspiel gegen Spanien in Recife**
28.4./29.4.	**Trainingslager in Curitiba**
30.4.	**Presseveranstaltung in Rio de Janeiro**
2.5.	**Abflug nach Brüssel**
4.5.	**Länderspiel gegen Belgien in Antwerpen**

Und so weiter und so fort.

An der letzten Zeile blieb ich hängen. Sie lautete:

26.5.	**Abflug zur WM in Deutschland**

»Soll ... soll ... soll das etwa bedeuten ...?« Ich stotterte und verstummte.

Der Trainer nickte.

»Aber ich habe Jürgen Klinsmann schon versprochen, dass ich zu ihm nach Deutschland fliege!«, rief ich.

»Ach so?« Parreira musterte mich kühl. »Na, das hätte ich mir denken können.«

»Äh, ich meine, ich komme doch aus Deutschland«,

sagte ich. Aber das war fehl am Platz. In Brasilien wusste jeder längst, dass mein Vater Südbrasilianer war.

Parreira lächelte. »Du kommst zur Hälfte aus Brasilien. Und genauso spielst du auch Fußball: halb deutsch und halb brasilianisch. Du könntest problemlos in beiden Nationalmannschaften spielen. Meiner Meinung nach gehörst du aber ins beste Team und das sind wir. Überleg's dir noch mal. Wie wäre es, wenn du uns dabei hilfst, bei der WM in Deutschland unseren Titel zu verteidigen?«

Ich fühlte mich sehr geehrt.

Ein paar Tage nach diesem Treffen mit Parreira und der Seleção holte mein Vater mich vom Training bei Santos ab. Ich freute mich, aber ich wusste auch, dass etwas Wichtiges passiert sein musste, denn normalerweise hatte er keine Zeit dazu.

»Wir haben Besuch«, sagte er geheimnisvoll, als ich zu ihm ins Auto stieg.

»Was denn für welchen?«

Er lächelte. »Das wirst du gleich sehen.«

»Aber bitte kein Präsident, der mich abknutschen will«, sagte ich.

»Nein, keine Angst, von denen knutscht dich keiner ab.« Papa lachte.

Auf der ganz normalen Luxusterrasse unserer ganz normalen Luxusvilla fläzten in ganz normalen Luxusliegestühlen drei Gäste und schlürften mit blau-roten Strohhalmen Bananenmilch. Jeder, der sich für Fußball interessiert, kennt sie. Es waren die wichtigsten Männer vom FC Bayern München: Uli Hoeneß, Karl-Heinz Rummenigge und Franz Beckenbauer.

»Bitte keine Umstände, meine Herren.« Mein Vater winkte ab, als sie sich erheben wollten.

Ich schüttelte den dreien die Hände und sie versicherten mir, wie sehr sie sich freuten mich persönlich kennenzulernen. Mein Vater ließ zwei weitere Getränke und Liegestühle kommen. Dann gesellten wir uns zur Führungsspitze der Bayern und machten es uns bequem.

Drei Stunden und einige Gläser Bananenmilch später hatte der FC Santos einen Spieler weniger, aber er hatte keine Geldsorgen mehr. Die Männer der Bayern-Spitze grinsten froh um die Wette, die Familie Hoffmann war um zig Millionen Euro reicher und ich hielt ein blau-rotes Münchner Trikot mit der Nummer drei und der Aufschrift »Paulinho« in den Händen.

»Wir sind bis an die Schmerzgrenze gegangen«, sagte Uli Hoeneß plötzlich verdrießlich. »Mehr hat der FC Bayern noch nie für einen Spieler ausgegeben.«

»So ist das nun mal, Herr Hoeneß.« Mein Vater zuckte die Schultern. »Anders geht es nicht, wenn man mit Chelsea, Real und Mailand mithalten will.«

Uli Hoeneß nickte und die breite Zufriedenheit kehrte in sein Gesicht zurück. »Paulinho, wir sind sicher, dass du uns noch viel Freude machen wirst.«

»Wir werden dich behutsam aufbauen«, erklärte Franz Beckenbauer. »Beim FC Bayern wird niemand sinnlos verheizt.«

Karl-Heinz Rummenigge schaute mich ernst an. »Und das bedeutet für dich: keine WM. Darin sind wir uns einig, nicht wahr?«

Ich nickte widerwillig.

»Sie kommt zu früh für dich, mein Junge«, sagte Uli Hoeneß väterlich. »Du hast noch genug andere Weltmeisterschaften vor dir.«

»Hm«, brummte ich, aber richtig anfreunden konnte ich mich mit diesem Gedanken nicht.

Mein Vater hatte dem Vorstand der Bayern zwar in diesem Punkt zugestimmt. Allerdings nur unter der Bedingung, dass ich alle WM-Spiele als Sondergast auf der Bank der Nationalmannschaft verfolgen dürfe.

»Damit der Junge frühzeitig die richtige Luft schnuppert«, sagte er.

Franz Beckenbauer, der Präsident und Chef des WM-Organisationskomitees, lächelte weise und nuschelte: »Schaumermal.«

Genau, schauen wir mal. Das dachte ich auch. Schließlich gab es ja auch noch Parreiras Angebot, die Weltmeisterschaft mit Ronaldinho und Ronaldo zu spielen. Paulinho, es sieht so aus, als müsstest du zwischen Himmel und Paradies entscheiden, sagte ich zu mir selbst.

11. PAUL TRIFFT PELÉ

Paul klappte das Heft mit Paulinhos Erinnerungen zu. Seine Hand schmerzte. Er hatte geschrieben wie ein Besessener. Draußen herrschte tiefe Dunkelheit. Nur die Laterne gegenüber warf mattes Licht auf die menschenleere Straße. Paul warf einen Blick auf seinen Wecker und erschrak. Die Zeiger zeigten zwei Uhr in der Nacht an. Plötzlich empfand er eine tiefe Traurigkeit. Paulinhos Welt war so weit weg von seiner eigenen. Es war eine Welt voller Feiertage und Wunder.

Paul seufzte. Er wünschte sich so sehr wie noch nie zuvor, er möge Paulinho sein.

Wie konnte er sein zweites Ich zu seinem ersten machen? Wie konnte er etwas von Paulinhos in Pauls Leben transportieren? Warum gab es in seinem echten Leben keinen Vater, der die schwierigsten Sachen meistern konnte? Und wo war Pelé? Er brauchte ihn! Paul seufzte noch einmal. Er brauchte ein Wunder. Und er bekam es.

Als Paul am nächsten Mittag müde aus der Schule kam, tänzelte Mia ihm schon im Flur entgegen.

»Mein geliebtes Brüderchen!« Sie drückte ihm einen dicken Kuss auf die Wange.

»Uh!« Paul flüchtete einen Schritt nach hinten. »Lass das!«

Mia strahlte ihn an und baute sich vor ihm auf. »Ich habe zwei tolle Überraschungen für dich! Die erste ist der Besuch, den ich mitgebracht habe. Den möchte ich dir jetzt vorstellen.«

»Dein neuer Freund?«

»Genau, Brüderchen!«, zwitscherte Mia. »Ich bin sicher, ihr beide werdet euch sofort mögen!«

Sie fasste Paul am Arm und zog ihn in die Küche.

»Da bin ich aber nicht so sich…« Paul verstummte mitten im Wort. Die bleierne Müdigkeit, mit der er sich durch den Tag geschleppt hatte, verflog in einer Zehntelsekunde. Paul traute seinen Augen nicht.

Wo war er?! War er in Paulinhos Geschichte gerutscht?!

Am Küchentisch saß – *er.*

Er trug sein blau-gelbes Trikot mit der Nummer zehn, Shorts und Turnschuhe.

»Hallo, Paul!« Er erhob sich, grinste breit und streckte ihm die Hand entgegen. »Ich heiße Gustavo, aber mein Künstlername ist …«

»Pelé«, flüsterte Paul.

»Du kennst dich aus, stimmt's?!« Pelé lachte. »Freut mich dich kennenzulernen, Paul. Oder wie wir Brasilianer sagen würden: Paulinho.«

Pelé sprach mit leichtem Akzent und sah fast so aus, wie Paul ihn von vielen Fotos und aus Paulinhos Leben kannte. Nur wirkte er noch jünger. Ziemlich jung. Wie zwanzig ungefähr. Er sah genauso aus wie bei seinen ersten beiden Weltmeisterschaften! Aber das war doch fast fünfzig Jahre her! Es war der reine Wahnsinn.

»Ist irgendwas?« Pelé schaute Paul etwas verwundert an.

»Äh, äh … ja, nein, ähm … Hallo!«

Paul erwachte aus seiner Erstarrung und ergriff die Hand, die sein Gegenüber ihm immer noch hinstreckte.

»Das hättest du mir nicht zugetraut, was?!«, rief Mia. »Ich und ein Fußballer!« Überflüssigerweise fügte sie hinzu: »Pelé ist nämlich einer.«

»Pelé! Bei uns zu Hause! Das haut dich um, was?!«

Jetzt erst nahm Paul seine Mutter wahr. Sie

saß nicht wie sonst üblich vor dem Fernseher, sondern fuhrwerkte eifrig am Herd herum. Sie lüftete mit einer Hand einen Topfdeckel, rührte mit der anderen in einem zweiten Topf und rief schwungvoll: »Essen ist fertig!«

Mia hatte Recht gehabt. Paul und Pelé verstanden sich vom ersten Moment an glänzend. Genauer gesagt vom dritten, denn den ersten hatte Paul zum Staunen gebraucht und den zweiten, um sich wieder einigermaßen zu beruhigen. Von da an lief es super. Sie hatten noch nicht einmal richtig angefangen zu essen, als Paul Pelé schon genau das Problem mit der Schulmeisterschaft geschildert hatte. Mia und die Mutter hörten ebenfalls aufmerksam zu, bis Frau Hoffmann sich wieder aufzuregen begann.

»Ich sag euch, wenn die dich nicht mitspielen lassen, werde ich ...«

»Mama, bitte nicht schon wieder!«, unterbrach Paul sie ziemlich schroff und sie schwieg etwas beleidigt.

Pelé aber hatte Paul genau verstanden.

»Du musst bis zum Turnier unbedingt so gut sein, dass deine Klasse auf dich nicht verzichten kann«, sagte er.

»Fragt sich bloß, wie.« Paul seufzte.

»Du trainierst ausreichend, nehme ich an?«

»Na ja«, sagte Paul.

»Was heißt das?«, fragte Pelé. Er häufte sich eine große Portion Nudeln und eine noch größere Gulasch auf den Teller und begann sich darüber herzumachen.

»Wir haben vier Stunden Sport pro Woche«,

zählte Paul auf und angelte nach den beiden Schüsseln. »Zwei am Montag und zwei am Freitag.«

»Ist das alles?«, fragte Pelé mit vollem Mund und sah ihn aufmerksam an.

»Tja«, sagte Paul. Er wich dem Blick aus und konzentrierte sich auf das Essen auf seinem Teller. »Außerdem spiele ich oft in der großen Pause.«

»Ich finde das nicht besonders viel«, erwiderte Pelé zwischen verschiedenen Bissen. Er aß rekordverdächtig viel und schnell. »Und was ist hier? Was machst du zu Hause?«

»Na ja«, sagte Paul verlegen. »Zu Hause spiele ich nicht so viel.«

Die Wahrheit war: Zu Hause spielte er gar nicht. Erstens war er dafür viel zu sehr mit Paulinhos Geschichte und seinen Fußballbüchern beschäftigt und zweitens hätte er nicht so recht gewusst, mit wem er hätte spielen sollen.

»Ich denke, das sollten wir ändern«, sagte Pelé und schob seinen leeren Teller beiseite.

Wir? Hatte Pelé soeben *wir* gesagt?

»Wie denn?«, erkundigte Paul sich zaghaft.

»Hast du heute Nachmittag schon etwas vor?«

»Nichts Besonderes.«

Eigentlich hatte Paul dasselbe vor wie jeden Tag. Er wollte schauen, wie sich Paulinhos Leben weiterentwickelte. Genau betrachtet war das erst richtig spannend geworden, nachdem er Pelé kennengelernt hatte. Was wäre … was, wenn Pauls Leben nun auch …? Paul entfuhr ein aufgeregter Schnaufer.

Pelé grinste. »Ich schlage vor, wir gehen nach dem Essen gleich mal raus und trainieren ein bisschen. Wie wär's mit dem Stadtpark?«

»Wie schön, dass ihr euch verabredet.« Mia schaltete sich wieder ein. »Aber vielleicht werde ich auch mal gefragt?«

»Du hast mir erklärt, du musst heute fürs Abi lernen«, sagte Pelé. Er drehte sich zu seiner Freundin und ergriff ihre Hände. »Ich bitte darum, am heutigen Nachmittag mit deinem Bruder ein wenig Fußball spielen zu dürfen.«

»Na gut«, sagte Mia und gab Pelé einen Kuss.

Der Nachtisch schmeckte so gut wie schon lange nicht mehr. Als die drei Hoffmanns und Pelé rote Grütze mit Vanillesoße verspeisten, verwickelte Paul Pelé zum Spaß in ein Quiz. Mia und die Mutter lauschten gespannt und stießen sich mehrmals freudig an, obwohl sie Fußball normalerweise so interessant fanden wie einen Vortrag über Schweißfüße.

»Weißt du noch?«, fragte Paul. »Damals in Schweden, 1958?«

Pelé stieg darauf ein. »Das war meine erste Weltmeisterschaft, oder?«

»Genau. Wie viele Gegentore habt ihr in der Vorrunde bekommen?«

»Ach, komm! Vorrunde ist zu schwer. Wie soll ich das wissen?« Er stupste Paul fröhlich an. »Frag mich was zum Endspiel, o. k.? Das weiß ich nämlich: 3:1 gegen Tschechien.«

»Falsch. Das war nicht 1958, sondern vier Jahre später. WM 1962 in Chile.«

»Ach ja, genau«, sagte Pelé. »Bestimmt habe ich ein Tor gemacht!«

»Nein.« Paul schüttelte den Kopf. »Du warst

im Endspiel nicht dabei. Aber nun zurück zur Vorrunde 1958. Wie viele Gegentore habt ihr kassiert?«

Pelé schaute Paul treuherzig an und hob ratlos die Arme. »Keine Ahnung, wirklich. Null Schimmer.«

»Null ist richtig!« Paul hob seine Stimme wie ein Showmaster. »Null Gegentore in der Vorrunde! 2:0 gegen die Sowjetunion, 0:0 gegen England und 3:0 gegen Österreich!«

Pelé staunte.

»Das stimmt garantiert!«, rief Mia begeistert. »Es ist genau, wie ich dir erzählt habe. Paul ist ein wandelndes Fußball-Lexikon. Ein Wunderkind!«

»Das ist wirklich unglaublich«, sagte Pelé.

»Und damit ist es endlich Zeit für die zweite tolle Überraschung! TATATA-TAAAA!!« Mia strahlte Paul verheißungsvoll an und trommelte mit den Händen einen Tusch auf die Tischplatte.

Paul blickte verständnislos in die Runde.

»Ich habe vor dem Essen doch zwei Überraschungen angekündigt«, erklärte Mia geduldig.

»Pelé war die erste und die zweite kommt jetzt – nicht wahr, Mama?«

Die Mutter nickte.

»Sag du es ihm.« Mia lehnte sich genüsslich in ihrem Stuhl zurück.

Paul schaute seine Mutter gespannt an. Wenn die zweite Überraschung ähnlich gut war wie die erste, musste sie ein Hammer sein.

»Du hast am kommenden Freitag einen Termin bei Günter Güll«, sagte Frau Hoffmann stolz.

»Erst mal nur zum Vorsprechen«, ergänzte Mia. »Aber wenn du nicht durchfällst, kommst du als jüngster Kandidat aller Zeiten in seine Fußballsendung und spielst um fünfzigtausend Euro!«

»Wie bitte?« Paul fiel fast vom Stuhl.

»Ich habe die Sache in die Hand genommen«, erklärte Mia. »Als Mama mir erzählt hatte, dass du alle Fragen bei ›Volles Risiko für Profis‹ richtig beantwortet hast, war für mich klar, dass etwas passieren muss. Du bist sensationell!«

»Quatsch«, sagte Paul, aber sie brachte ihn mit einem energischen Wink zum Schweigen.

»Du bist sensationell, kapiert?! Du musst ins Fernsehen! Also habe ich mich erkundigt, wie die Bewerbung für Gülls Sendung funktioniert. Ich bin zum Sender gefahren und habe mich bis zum richtigen Typen durchgefragt. Dem bin ich dann so lange auf die Nerven gefallen, bis er mir einen Probetermin für dich gegeben hat.«

Pauls große Schwester lächelte zufrieden.

»Mannomann«, sagte Pelé.

Paul fiel nichts mehr ein.

»Glaubt mir, Jungs«, sagte Mia. »Das wird niemand bereuen.«

»Guck auf den Ball!«, rief Pelé. »Nur auf den Ball! Beine zusammen! Aber nicht zu eng, sonst kommst du nicht mehr weg!«

Pelé versuchte Paul den Ball durch die Beine zu spielen, aber er blieb hängen. Paul hatte die Füße rechtzeitig so eng zusammengestellt, dass das Leder von ihm abprallte.

»Und jetzt Ballgewinn!«, rief Pelé. »Ballereroberung! Nicht nur abwehren!«

Aber dafür war Paul zu langsam.

Pelé schnappte sich den Abpraller und griff erneut an. Er wandte sich blitzschnell nach links, doch Paul stellte sich ihm in den Weg. Pelé machte eine Wendung und zog elegant rechts vorbei.

»Mist!«, fluchte Paul.

Schon dribbelte Pelé wieder auf ihn zu. Paul erwartete ihn leicht geduckt. »Auf den Ball gucken, hauptsächlich auf den Ball!«, forderte Pelé. »Nicht auf meinen Körper! Dann fällst du auch nicht auf die Körpertäuschung rein! Los, gleich noch mal!«

»Man *soll* doch nicht nur auf den Ball gucken«, wandte Paul ein und richtete sich auf.

»Natürlich nicht.« Pelé stoppte. Er ließ den Ball auf seinen Füßen tanzen und schaute Paul dabei an. »Aber das gilt vor allem für den Ballführer. Der sollte besser nach vorne schauen und möglichst viel vom Feld und der Position seiner Mitspieler erfassen. Schließlich kann er sonst keinen vernünftigen Pass spielen. Aber der Verteidiger in der direkten Zweikampfsituation muss sich auf den Ball konzentrieren!«

PELE
10

Paul war immer noch nicht restlos überzeugt. »Aber ich muss doch auch den Raum beherrschen«, sagte er.

»Das ist etwas anderes!«, rief Pelé. »Jetzt üben wir eins gegen eins! Jetzt musst du nicht den Raum beherrschen, sondern du hast nur eine Aufgabe: mich nicht vorbeizulassen! Klar?! Also los!«

Wieder startete er einen Angriff. Paul starrte den Ball an Pelés linkem Fuß an wie ein Kaninchen die Schlange. Er wartete lange. Schließlich grätschte er und kickte die Lederkugel sauber zur Seite weg.

»Gut!«, rief Pelé. »Aber nicht ausruhen! Los, los, weiter! Balleroberung!«

Paul keuchte laut. Aber er biss die Zähne zusammen, rappelte sich auf und sprintete dem weggeschlagenen Ball hinterher.

Für ihn gab es nur noch die Stadtparkwiese, Pelé und einen silbrig glänzenden Lederball.

Zum Schluss übten sie Torschüsse.

»Wenn sonst nichts mehr hilft, halt ruhig mal mit der Pike drauf«, riet Pelé. »Das sieht nicht so gut aus, aber zumindest kommt der Ball mit Schmackes! Jeder gute Fußballer schießt auch mal mit der Pike.«

»Ronaldo«, sagte Paul schwer atmend, »hat bei der WM 2002 gegen die Türkei damit sogar das entscheidende Tor erzielt.«

»Na, siehst du.« Pelé strahlte. »Wenn du mit der Pike spielst, bist du in bester Gesellschaft.«

Nach dem zwanzigsten Schuss ließ Paul sich auf den Rücken fallen und streckte alle viere von sich. Er war vollkommen erschöpft – und glücklich.

»Trainer, ich kann nicht mehr«, keuchte er.

»Na, gut«, sagte Pelé gönnerhaft. »Schluss für heute. Ich habe sowieso gleich selber Training.«

Er schaute auf seine Uhr und erschrak. »Was, so spät schon?! Ich muss dringend zum Training. Sonntag ist ein wichtiges Spiel. Und wenn man beim 1. FC zu spät kommt, muss man Strafe zahlen! Morgen geht's weiter, Paulinho!«

Von Dienstag bis Freitag trainierte Paul viermal lange mit Pelé.

In der Doppelstunde Sport stand Paul dann viel besser zum Ball als bisher. Pelé hatte ihm beigebracht, wie man mangelnde Schnelligkeit durch gutes Stellungsspiel wettmachen kann.

Hanno scheiterte zweimal mit dem Versuch, Paul zu tunneln. Paul achtete darauf, nicht zu breitbeinig in der Deckung zu stehen. Gorans Dribblings verwirrten ihn längst nicht mehr so wie noch am Montag. Schließlich hatte er eine Woche lang Pelés Balltechnik erlebt und gegen die wirkte selbst der trickreiche Goran wie ein Rumpelfüßler.

Einige Male wagte Paul sich sogar nach vorn und einmal prüfte er Timo durch einen harten Schuss mit der Pike.

Seine Leistung brachte ihm Komplimente ein.

»Wenn du so weitermachst, können wir bei den Schulmeisterschaften nicht auf dich verzichten, Paul«, sagte Frau Neid.

Paul zuckte scheinbar gleichgültig mit den Schultern, aber er hätte jedes einzelne Wort in Gold schmieden können.

12. LEXIKON IN HOCHFORM

Paul trainierte so oft mit Pelé, dass er kaum Zeit hatte, sich auf den Termin bei Günter Güll vorzubereiten. Die Nachmittage verbrachte er mit Pelé im Stadtpark, dann warteten noch die Hausaufgaben und abends war er so erschöpft, dass er früh einschlief.

Paul war das egal. Günter Güll und sein Fußballquiz ließen ihn ziemlich kalt. Er hatte Besseres zu tun. Außerdem gehörte Paul nicht zu den Leuten, die für einen Fernsehauftritt ihre Großmutter verkaufen würden. Er mochte diesen TV-Kasten nicht einmal besonders, denn er flimmerte zu oft störend im Wohnzimmer herum.

Als Paul an diesem Freitagnachmittag mit Mia und seiner Mutter in den Zug stieg, um zum Probetermin zu fahren, spürte er aber doch ein leichtes Kribbeln im Magen.

Es verstärkte sich, als Mia am Zielbahnhof ein Taxi herbeiwinkte.

»Das bekommen wir erstattet«, sagte sie lässig.

Sie fuhren zu einem Hochhaus. Auf dem Flachdach prangten in gewaltiger Größe drei Buchstaben, die Abkürzung des Senders. Das Taxi hielt direkt vor dem Haupteingang. Gleich darauf surrten zwei große Glastüren zur Seite. Als die drei Hoffmanns das Gebäude betraten, merkte Paul, dass das Kribbeln in seinem Bauch zu einem Rumpeln wurde. Hinter den Glastüren befand sich ein großer Empfangsschalter.

»Wir sind die Familie Hoffmann. Wir haben einen Termin mit Günter Güll«, sagte Mia zum Pförtner, als sei es das Selbstverständlichste der Welt.

Der Mann sprach etwas in ein Telefon, lauschte und erwiderte: »Bitte warten Sie einen Moment in der Eingangshalle. Sie werden abgeholt.«

Während Paul in der großen Halle stand, steigerte sich sein Magenrumpeln zum Donnern einer mittleren Lawine. Um sich abzulenken, schaute er sich um. Der Boden bestand aus edlem Holzparkett und an den Wänden hingen Bilder von bekannten Schauspielern und Showmastern.

Ein junger Mann mit Jeans und buntem Hemd eilte ihnen schwungvoll entgegen, grinste breit und begrüßte sie fröhlich.

»Ich bin Jan und arbeite für Günter Güll.« Er schüttelte allen die Hand. »So sieht also ein zehn Jahre altes Fußball-Lexikon aus!« Er lachte und klopfte Paul auf die Schulter. »Freut mich dich kennenzulernen, Paul! Günter Güll ist so gespannt auf dich, dass er heute dabei ist. Normalerweise erledigen wir die Vorauswahl der Kandidaten für ihn.«

»Welche Ehre«, sagte Mia und die Mutter versetzte ihr einen Stoß. Paul bemerkte, dass seine Mutter genauso aufgeregt war wie er selbst.

Sie fuhren mit dem Lift weit nach oben, durchquerten einen langen Flur mit vielen Türen und betraten einen hellen, freundlichen Raum. In der Mitte standen zwei Sofas und ein niedriger Tisch mit einem Stapel Fußballbücher.

Das große Fenster bot einen tollen Blick über die Dächer der Stadt. Günter Güll stand daneben und erwartete sie. Paul wunderte sich, wie normal der Fernsehstar wirkte. Er war ein nicht besonders auffälliger, großer Mann mit fahrigen Bewegungen und einem jungenhaften Gesicht. Aber er war wirklich Günter Güll.

»Hallo, Paul«, sagte er und lächelte spitzbübisch. »Ich denke schon seit einer Weile darüber nach, wann Bayern München zum ersten Mal deutscher Meister wurde. Ich hab's mal gewusst, aber es fällt mir einfach nicht mehr ein.«

»1932«, sagte Paul. »2:0 gegen Eintracht Frankfurt.« Seltsam, seine Aufregung war verschwunden. Er war vollkommen ruhig.

Günter Güll tippte sich gegen die Stirn. »Du hast Recht! Da brauchen wir gar nicht nachzuschlagen.«

Der Moderator bot den drei Besuchern etwas zu trinken an. Sie nahmen Platz und redeten zwei Sätze über das Wetter und die Stadt, aus der die Hoffmanns angereist waren. Dann deutete Günter Güll auf den Stapel Fußballbücher.

»Wir müssen noch ein bisschen arbeiten, oder?«

Paul nickte gleichmütig. Er war bereit.

»Womit kennst du dich besonders gut aus?«, fragte Günter Güll.

»Die Bundesliga kenne ich einigermaßen«, erwiderte Paul bedächtig. »Und den DFB-Pokal, würde ich sagen. Aber nur die Endspiele. Über die Europapokale, die Europa- und die Weltmeisterschaften weiß ich auch ganz gut Bescheid.« Er überlegte einen Moment. »Außerdem kenne ich die Sieger der Copa de Libertadores. Aber mehr leider nicht.«

»Aber das ist doch fast alles!«, rief Günter Güll.

Paul sah ihn überrascht an. »Meinen Sie das ernst?«

»Was könnte man denn sonst noch wissen?«, fragte der Showmaster verblüfft.

»Na, jede Menge«, sagte Paul. »Die Geschichte der Premier League zum Beispiel oder der Serie A. Oder der Primera Division. Oder Fußball in der zweiten Liga. Oder in den Regionalligen. Oder ...«

»Schon gut, Paul.« Günter Güll winkte entzückt ab. »Deine Spezialgebiete reichen vollkommen aus. Also los: Wer gewann 1989 den Europapokal der Landesmeister?«

»Der AC Mailand«, erwiderte Paul. »4:0 in Barcelona gegen Steaua Bukarest. Die Rumänen hatten keine Chance. Ich glaube, es stand zur Halbzeit schon 3:0. Die berühmten Holländer von Mailand schossen je zwei Tore: Marco van Basten und Ruud Gullit.«

Jan schlug das Ergebnis im »Kicker«-Almanach nach. Er nickte anerkennend. »Das stimmt alles!«

»Der Junge hat nicht eine Sekunde überlegt!«, rief Günter Güll. »Warte mal …« Er dachte über eine gute Frage nach. »Wer spielte das Endspiel der WM 1950?«

»1950 gab es kein richtiges Endspiel«, erklärte Paul. »Es gab eine Art Finalrunde mit Spanien, Schweden, Uruguay und Brasilien. Jeder spielte gegen jeden, aber die Partie Brasilien gegen Uruguay wurde zu so einer Art Endspiel.«

»Donnerwetter!«, entfuhr es Günter Güll. »Natürlich kennst du auch das Ergebnis?«

»2:1 für Uruguay im Maracanã-Stadion.« Paul fügte hinzu: »Es war eine nationale Katastrophe. Mehrere brasilianische Fans sollen sich noch im Stadion umgebracht haben.«

»Wirklich? Das ist ja schrecklich!«, meinte Pauls Mutter, die bis jetzt schweigend zugehört hatte.

Paul zuckte die Schultern. »Für manche Leute ist Fußball eben sehr wichtig.«

»Die wichtigste Hauptsache der Welt«, sagte Günter Güll und ließ dem Satz eine kleine Kunstpause folgen, damit er gebührend wirkte. Dann stellte er sich fast feierlich vor Paul auf, streckte die Hand aus und strahlte.

»Paul, du hast mich überzeugt. Ich würde mich freuen, wenn du in meine Show kommen würdest. Wir rufen dich an, wenn's so weit ist, o. k.?«

»Jippie!!«, schrie Mia und sprang auf. »Ich hab's gleich gewusst!« Sie zerrte ihre Mutter aus dem Sessel und tanzte ein paar Schritte mit ihr durch den Raum. Dann stürzte sie sich auf Paul, gerade als der Günter Gülls Hand ergreifen wollte, und knutschte ihren kleinen Bruder stürmisch ab. Als es ihm endlich gelang, sich von Mia zu befreien, umarmte seine Mutter ihn heftig und flüsterte ihm gerührt ins Ohr: »Mein Junge! Mein wundervoller Wunderjunge!«

13. VERRAT UND VERSÖHNUNG

Am nächsten Tag trainierte Paul mit Pelé und am Sonntag begleiteten seine Mutter und Mia ihn in das kleine Stadion der Stadt zum wichtigen Heimspiel des 1. FC. Familie Hoffmann bildete einen Mini-Fanblock und feuerte Pelé an. Prompt erzielte er beim 2:1-Sieg seiner Mannschaft beide Tore.

Ein alter Herr, der auf den bescheidenen, grasbewachsenen Zuschauerrängen neben ihnen stand, sagte stolz: »Wer hätte gedacht, dass mal ein neuer Pelé ausgerechnet in unserer kleinen Stadt spielt?«

In der Tat, niemand hätte das gedacht. Nicht mal Paul.

»Er sieht seinem großen Vorbild sogar ähnlich«, sagte der alte Mann. »Auch die Art, wie er sich auf dem Rasen bewegt, erinnert mich an Pelé in seinen besten Zeiten!« Sein Gesicht bekam einen schwärmerischen Ausdruck. »Ich habe Pelé bei der WM in Schweden live gesehen. Ich war damals kaum älter als er.«

»Waren Sie etwa beim Endspiel dabei?!«, staunte Paul.

»Leider nicht«, erwiderte der alte Mann. »Dafür habe ich keine Karten bekommen. Aber ich habe das Halbfinale gegen Frankreich gesehen. Es war ein tolles Spiel! Brasilien hat 4:1 gewonnen.«

»5:2«, sagte Paul.

Der alte Mann stutzte. Dann meinte er verblüfft: »Du hast Recht. 5:2! Woher weißt du das?«

»Einfach so«, sagte Paul.

»Oh!« Der alte Mann stieß ihn an. »Achtung!« Pelé leitete soeben einen vielversprechenden Angriff ein und sprintete an ihnen vorbei. Über der Zehn auf seinem Rücken stand »Gustavo Pelé«. Das waren sein richtiger und sein Künstlername.

Knapp eine Woche und einige Trainingsnachmittage später hatte Paul es geschafft. Er war zwar immer noch kein leichtfüßiger Sprinter und erst recht kein Zauberer am Ball, aber er hatte sich als solider Verteidiger durchgesetzt. Paul stand in der Klassenmannschaft der 5c!

Die Meisterschaft war nur noch zwei Tage entfernt. Paul fühlte die Spannung mit jeder Minute wachsen. Er würde alles geben, was Körper und Seele hergaben, um Ede Adler, Bulli und all den anderen Angebern zu zeigen, dass Fußball nicht ihnen allein gehörte.

Während Paul seine volle Konzentration auf die Meisterschaft richtete, kam ein wichtiger Teil seines Lebens zum ersten Mal seit langer Zeit zu kurz: Paulinhos Erinnerungen. Seit dem ersten Training mit Pelé war Paul nicht mehr in sein zweites Ich geschlüpft. Abends war er zu müde, und der unwiderstehliche Drang, der ihn so lange zum Schreiben angetrieben hatte, war verschwunden. Nicht für immer natürlich. Paulinhos glänzende Karriere sollte nicht sang- und klanglos abbrechen wie irgendeine Fernsehserie, die eines Tages einfach nicht fortgesetzt wird, wenn keiner mehr zuschaut.

Deshalb beschloss Paul, das Heft wieder mit in die Schule zu nehmen. Sobald sich dort eine gute Gelegenheit ergab, wollte er weiterschreiben.

Sie kam am Freitag, einen Tag vor der Meisterschaft. Statt einer Doppelstunde Religionsunterricht gab es zwei Freistunden – und zwar ohne Lehrer, denn die waren an der Mark-Twain-Schule knapp. Während Frau Neid ein paar Schulzimmer weiter eine andere Klasse unterrichtete, sollte die 5c bei geöffneter Klassentür eigenständig arbeiten und sich dabei ruhig verhalten.

Einige Kinder machten ihre Hausaufgaben. Andere spielten Karten. Hanno und Goran langweilten sich von Anfang an.

Paul zog das Paulinho-Heft hervor und strich mit einer liebevollen Geste über die beiden Flaggen. Er schlug die Stelle auf, wo er vor mehr als einer Woche aufgehört hatte, und begann zu schreiben:

Der Abschied von São Paulo stand kurz bevor. Er fiel mir unheimlich schwer, denn ich musste nicht nur Abschied vom FC Santos, meinen Fans und Pelé nehmen, sondern auch von meinem Vater.

Lange hatte Papa herumgedruckst, bis er schließlich ein paar Tage vor dem Abflug mit seiner Entscheidung herausgerückt war.

»Mein Job hier ist erledigt«, sagte er. »Der FC Santos benötigt mich nicht mehr. Aber du kennst mich, Paul. Ich brauche ständig Herausforderungen, genau wie du. Deshalb habe ich eine neue Aufgabe übernommen. Ich werde mich ab sofort in Buenos Aires um den Traditionsklub River Plate kümmern.«

Die Aussicht, ohne meinen Vater nach Hause zurückzukehren, machte mich sehr traurig, aber ich nahm es hin. So war er nun mal. Vollkommen verrückt nach seinem Beruf. Es hatte keinen Sinn, ihn ändern zu wollen. Wenn er schon nicht mit nach Hause kam, würde wenigstens ich endlich wieder bei Mia und meiner Mutter sein.

Je näher der Abflug rückte, desto mehr Post landete bei mir. Der Briefträger fuhr jeden Morgen mit einem Lieferwagen vor und schleppte säckeweise Briefe in unsere ganz normale Luxusvilla:

Paulinho, verlass uns nicht!

Paulinho, ich will zehn Kinder mit dir haben!

Paulinho, du bist ein Fußballgott!

Und so weiter.

Pelé, Zagalo und die Mannschaft vom FC Santos feierten eine rauschende Samba-Party für mich. Es gab Schokoladenpizza bis zum Abwinken und der Mangosaft floss in Strömen.

Am nächsten Tag brachten Pelé und mein Vater mich zum Flugplatz. Ich war mittlerweile so niedergeschlagen, dass ich fast schon im Auto geheult hätte. Pelé nahm mich in den Arm und sagte: »Paulinho, wir bleiben Freunde. Ich werde dich bald in München besuchen.«

»Schwörst du es?«, brachte ich nur heraus und er sagte: »Ich schwöre es.«

Dann beugte er sich vor. »Ich werde dir jetzt etwas verraten, das die Leute nicht gern hören. Nicht einmal ich selbst höre es gern. Aber es ist trotzdem wahr: Ich bin nicht so einzigartig, wie es in den Fußballbüchern steht. Ich bin nicht der einzige Pelé auf der Welt. Achte mal darauf, dann wirst du feststellen, dass es viele Pelés gibt. Bestimmt wirst du bald einen von ihnen treffen. Er muss ja nicht gleich dreifacher Weltmeister sein.«

»Da bin ich aber gespannt«, sagte ich zweifelnd und fühlte mich ein bisschen besser.

Jetzt eine Leerzeile, dachte Paul, und schon bin ich bei den Bayern. Er war so vertieft in sein zweites Leben, dass er vom Abschied Tränen der Rührung in den Augen hatte.

Hanno und Goran saßen direkt hinter ihm. Paul bemerkte nicht, wie sie die Hälse in seine Richtung reckten und grinsend zu flüstern begannen.

»Am Münchner Flughafen erwarteten mich Mia und meine Mutter. Daneben standen Uli Hoeneß und Karl-Heinz Rummenigge. Ich glaube, meine Mutter hatte keine Ahnung, wie wichtig die beiden waren, denn als mir der Vorstandschef der Bayern die Hand hinstreckte, stieß sie ihn einfach zur Seite und stürmte an ihm vorbei.

»Entschuldigung, Herr Rumpelnickel!«, rief sie und schloss mich glücklich in die Arme.

Nach einer gebührenden Begrüßung fuhren wir im Bayern-Bus zum Vereinsgelände an der Säbener Straße. Es gab eine kurze Pressekonferenz, an der auch Felix Magath teilnahm, und sonst nichts. Die Bayern schirmten mich von Anfang an geschickt vor der Öffentlichkeit ab. Auch das erste Training fand ohne Zuschauer statt. Felix Magath war sehr nett zu mir, von Quälix keine Spur, und die Bayern-Spieler nahmen mich prima in ihren Reihen auf. Selbst Oliver Kahn lächelte mich mehrmals an. Einmal nickte er sogar anerkennend, nachdem ich Claudio Pizarro sauber abgegrätscht hatte. Michael Ballack strahlte besonders. »Ich freue mich schon auf unsere gemeinsamen Spiele«, sagte er. »Ich bin sicher, wir werden uns gut verstehen!«

»Ich auch«, erwiderte ich un...

»Lass mal sehen.«

Hanno zog Paul das Heft weg. Das halbe Wort verschmierte zu einem Krakel.

»Schau einer an«, sagte Hanno. Er klappte Paulinhos Erinnerungen auf, blätterte darin herum und begann zu grinsen. Immer breiter zu grinsen.

Paul wollte sagen: »Gib das wieder her!«, aber es kam kein Laut. Er konnte nicht reden und kein Glied rühren.

»*Selbst Oliver Kahn lächelte mich mehrmals an.*« Hanno las feixend vor. »*… nachdem ich Claudio Pizarro sauber abgegrätscht hatte.* Ha! Das gibt's doch nicht!«

»Zeig her!«, rief Goran.

Hanno übergab ihm prustend das Heft.

»Nein!«, rief Goran. »Ich krieg mich nicht mehr ein! Höhö! Hör dir das hier mal an: *Felix Magath war sehr nett zu mir, von Quälix keine Spur, und die Bayern-Spieler nahmen mich prima in ihren Reihen auf.*«

»Wer hätte das gedacht!«, krähte Hanno. »Lexikon ist in Wirklichkeit ein Bayern-Star!«

Goran blätterte wie wild. Seiten verknickten. Paul spürte Stiche im Magen.

»Hier!«, rief Goran. »Das ist der Hammer: *Training mit Ronaldinho.* Ha! Und hier: … *brachte Pelé mir einen Haufen Zeitungen ins Hotel … Paulinho: das brasilianische Deutschland-Wunder*!«

»Wie bitte?«, fragte Hanno. »Wer? Paulinho?!« Dann verstand er und lachte laut auf. »Das sollst du sein, Lexikon, oder?!«

»Paulinho!« Goran schüttelte sich vor Lachen. »Das Fußball-Wunderkind! Ich fasse es nicht!«

In diesem Moment erwachte Paul aus der Erstarrung und stürzte sich auf ihn.

Goran saß auf seinem Pult. Paul erwischte ihn mit dem ganzen Körper. Goran schrie überrascht auf und ruderte mit den Armen. Das Paulinho-Heft flog durch die Luft. Goran verlor den Halt, stürzte rücklings zu Boden und zog Paul mit sich. Mit einem dumpfen Aufschlag landeten sie. Goran auf dem harten Boden und Paul auf Goran. Goran stöhnte erbärmlich.

»Mann, Lexikon, spinnst du?!«

Hanno fasste Paul von hinten. Im nächsten Moment schleuderte ihn ein Stoß gegen die Wand.

»Wo ist mein Heft?!« Paul starrte wild um sich. Da lag es! Doch bevor er es zu fassen bekam, warf Hanno sich auf ihn. »Das zahl ich dir heim!«

Einen Augenblick später kugelten zwei ineinander verkeilte, heftig keuchende Körper durch den Klassenraum.

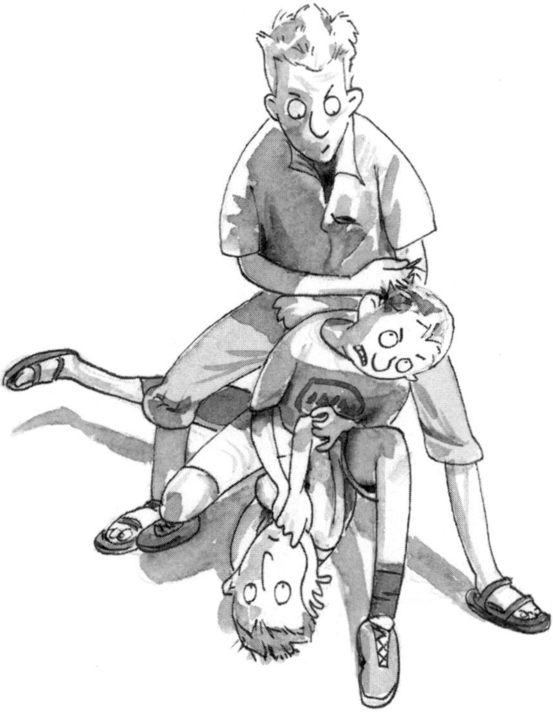

Längst waren alle aufgesprungen.

»Hört auf!«, schrie Timo. »Aufhören!« Doch Paul und Hanno bemerkten ihn nicht einmal. Erst Frau Neid, von Timo alarmiert, gelang es mühsam, die beiden zu trennen.

»Sofort auseinander!! Seid ihr verrückt geworden?! Was ist hier los?!«

Wortlos und nach Atem ringend zeigte Paul auf sein Heft.

»Was ist das?«

»Das gehört mir«, krächzte Paul.

»Stimmt nicht«, keuchte Hanno wütend und rieb sich den schmerzenden Kopf. »Das gehört Paulinho.«

»Wem?«, fragte Frau Neid.

»Hanno hat Recht«, ächzte Goran. »Es ist von Paulinho.«

»Arschlöcher«, sagte Paul.

»Ruhe!«, herrschte Frau Neid ihn an. »Ich will nichts mehr hören! Ich behalte dieses Heft, bis klar ist, was hier los ist! Und ihr kommt jetzt wieder zu euch, verstanden?!«

Die Lehrerin wollte die Streithähne an drei verschiedenen Orten beruhigen. Hanno sollte seinen Zorn in der Bibliothek abkühlen, Goran im Musikraum und Paul in der Aula beim Haupteingang. Doch Paul ging an der Aula vorbei und verließ die Schule.

»Bleib hier!«, rief Frau Neid wütend hinter ihm her.

»Viel Spaß mit den Arschlöchern morgen beim Turnier!«, rief Paul, ohne zurückzublicken.

Zu Hause flimmerte der Fernseher.

»Oh, schon da?« Frau Hoffmann drehte erfreut den Kopf von der Mattscheibe zur Tür, als sie Paul hereinkommen hörte. »Hast du früher aus?«

»Ja«, sagte Paul tonlos. Er blieb im Flur stehen. Er fühlte sich jetzt schon wie ein alter Mann.

»Das trifft sich gut!«, rief die Mutter fröhlich. »Ich konnte es kaum erwarten, dass du kommst. Stell dir vor, vorhin hat Günter Güll angerufen!«

»So«, sagte Paul.

»Er möchte wissen, ob du morgen bei ›Reich wie ein Scheich‹ auftreten kannst! Ihm ist kurzfristig ein Kandidat ausgefallen und du könntest für ihn einspringen.«

Paul sagte nichts.

»Ich sage dir, ich war vielleicht stolz! Günter Güll total begeistert von *meinem* Sohn! Er meinte, du wärst ein echter Knüller für den Samstagabend. Viel zu schade für ein Mittagsquiz!« Die Mutter berichtete, ohne Atem zu holen. »Mein Junge bei ›Reich wie ein Scheich‹! Das ganze Land wird zuschauen. Und stell dir vor: Da geht es nicht um fünfzigtausend Euro, sondern um fünfhunderttausend. FÜNF-HUNDERT-TAUSEND!!«

Frau Hoffmann stand auf. »Ich überlege die ganze Zeit hin und her. Ich weiß ja, dass morgen auch dein Turnier ist. Aber …« Sie zögerte einen Moment. »Aber ich glaube fast, so ein Auftritt ist noch wichtiger als die Schulmeisterschaft. Ich habe Herrn Güll natürlich gesagt, dass die Entscheidung bei dir liegt. Was meinst du? Gehst du in seine Show?«

Paul nickte.

Die Mutter lächelte erleichtert. »Manchmal muss man sich wohl zwischen Himmel und Paradies entscheiden.«

Sie wandte sich zum Telefon. Wie aus weiter Ferne sah Paul den Hörer an ihrem Ohr und hörte die Vorfreude in ihren Worten.

»Paul hat sich für Ihre Sendung entschieden, Herr Güll. Ja, wir freuen uns auch. Für die Einzelheiten brauchen Sie noch etwas Zeit? In Ordnung. Wir warten auf Ihren Rückruf!«

Als sie aufgelegt hatte, stand Paul immer noch im Flur.

»Er weiß sehr zu schätzen, dass du für ›Reich wie ein Scheich‹ sogar eine Fußballmeisterschaft sausen lässt«, sagte Frau Hoffmann. Sie ging auf Paul zu und wollte ihn umarmen, doch er wehrte sie ab. Jetzt erst bemerkte die Mutter seinen starren Blick.

»Stimmt was nicht, mein Junge?«, fragte sie unsicher.

Paul drehte sich wortlos um, ging in sein Zimmer und zog die Tür hinter sich zu. Er legte sich aufs Bett und fühlte sich vollkommen leer. Als seine Mutter ihm folgen wollte, klingelte das Telefon. Der Rückruf, dachte sie. Aber am anderen Ende der Leitung war nicht Günter Güll.

Eine halbe Stunde später betrat Frau Neid die Wohnung der Hoffmanns. Sie trug das Pau-

linho-Heft unter dem Arm und sie kam nicht allein. Goran und Hanno begleiteten sie. Die beiden Jungen sahen zerknirscht aus, und als sie hereinkamen, schien es, als duckten sie sich ein wenig.

Frau Hoffmann klopfte an Pauls Tür. »Besuch für dich!«

»Schick ihn weg«, sagte Paul.

»Das habe ich schon versucht! Er weigert sich zu gehen.«

»Ich bin nicht zu sprechen!«, erwiderte Paul.

Aber Frau Hoffmann ließ nicht locker.

Ein paar Minuten später streckten Hanno und Goran die Köpfe ins Zimmer. Paul schaute sie feindselig an.

»Wir wollen uns entschuldigen«, sagte Hanno.

»Das ist zwecklos«, erwiderte Paul.

»Das wollen wir doch mal sehen«, sagte Goran grimmig und trat entschlossen ein. In der nächsten Stunde folgte eine Auseinandersetzung, die so hart war wie ein Pokalkampf mit Verlängerung und Elfmeterschießen. Nur gab es in diesem Fall am Ende nur Sieger:

Hanno und Goran hatten sich bei Paul entschuldigt, Paul hatte sich bei Hanno und Goran entschuldigt und merkwürdigerweise sogar Hanno bei Goran und Goran bei Hanno.

Kaum hatte die Klassenmannschaft der 5c ihren wichtigsten Abwehrspieler zurückgewonnen, klingelte das Telefon.

»Geh du ran«, sagte die Mutter und Paul nahm ab.

»Hallo, Paul!«, rief Günter Güll. »Ich freue mich riesig, dass du gleich zugesagt hast! Super! Der Zug fährt morgen früh um zehn! Erste Klasse natürlich!«

»Da kann ich leider nicht«, sagte Paul.

»WIE BITTE?!!«

»Morgen früh um zehn spiele ich Fußball«, sagte Paul und legte auf. Verblüfft schaute er auf das Telefon und fügte zaghaft hinzu: »Ein anderes Mal komme ich gern.«

Die Versöhnung mit Hanno und Goran mündete in ein spontanes Überraschungsfest, an dem nicht nur die beiden, sondern auch Timo, Marlene und die anderen Spieler der Klassenmannschaft teilnahmen. Sie waren ihrer Lehrerin heimlich zu den Hoffmanns gefolgt und hatten lange unschlüssig unten im Hof gestanden.

Später gesellten sich auch noch Mia und Pelé zu den Gästen, und Pelé versprach ganz fest, die 5c am nächsten Tag anzufeuern. Da waren sie wieder, die Kicker der Tafelrunde! Ede Adler, Bulli und Co., seht euch vor!

Zum Abschluss servierte Frau Hoffmann jedem eine Schale Vanilleeis. Sie dachte nicht daran, dass ihr Tiefkühlfach kürzlich einmal gestreikt hatte. Erst als das Eis schon auf den Tellern war, fiel es ihr wieder ein. Prüfend betrachtete sie es. Das Eis sah aber recht ordentlich aus.

So bedrückt, wie die Gäste gekommen waren, so beschwingt verließen sie am späten Nachmittag die Wohnung der Hoffmanns. Nur der Magen begann sich bei einigen Kickern der Tafelrunde etwas schwer anzufühlen.

»Ich wollte mich auch noch bei dir entschuldigen«, sagte Frau Neid zum Abschied zu Paul. »Ich habe nämlich Paulinhos Erinnerungen gelesen, ohne dich vorher um Erlaubnis zu bitten.«

»Schon o. k.«, sagte Paul.

»Es ist eine fantastische Geschichte!« Frau Neids Augen leuchteten vor Begeisterung. »Man könnte sie glatt veröffentlichen.«

»Lieber nicht«, sagte Paul.

»Du schreibst doch weiter?« Die Lehrerin schaute ihn aufmunternd an. »Du musst sie unbedingt zu Ende bringen. Wird Paulinho Weltmeister? Und wird er's mit Deutschland oder mit Brasilien?«

»Mal sehen«, sagte Paul. »In jedem Fall wird er's erst nach der Schulmeisterschaft.«

14. DAS FINALE

Es war so weit. Der Tag der Meisterschaft war da. Nervös überprüfte Paul, ob er alles eingepackt hatte: Töppen, Stutzen, Schienbeinschoner, Ball, Handtuch, Duschgel, frische Wäsche – alles war da. Hosen und Trikots würde Frau Neid mitbringen. Paul zählte wieder und wieder alles durch. Wenn es nicht bald losging, würde er vor Spannung bersten.

Frau Hoffmann war überrascht, dass auch sie ein gewisses Kribbeln spürte. Am Abend zuvor hatte sie bei den Kickern der Tafelrunde echten Mannschaftsgeist und echtes Fußballfieber kennengelernt. Es war ansteckend gewesen.

»Bist du fertig?«, fragte sie.

»Noch nicht«, erwiderte Paul. »Ich muss noch mal überlegen, ob ich nichts vergessen habe.«

»Wir kommen zu spät«, sagte seine Mutter.

»Bin gleich so weit«, versicherte Paul.

Die beiden erschienen bereits eine Stunde vor dem ersten Spiel am Schulsportplatz. Von Mia und Pelé war noch nichts zu sehen. Frau Hoffmann beschloss, in der Nähe noch einen Tee zu trinken, um sich abzulenken.

»Sonst weiß ich gar nicht, wie ich bis zum Anpfiff ruhig bleiben soll«, sagte sie.

Paul sah sich nach seinen Leuten um.

Der Hausmeister hatte quer zum Großfeld zwei Spielflächen markiert, auf denen zeitgleich gespielt werden konnte. Zwischen den beiden

Flächen standen die Auswechselbänke und es gab Platz für die Zuschauer. Die Meisterschaft sollte in zwei Gruppen stattfinden, deren Sieger das Endspiel bestritten.

Auf dem kurz geschorenen Gras kickten sich schon einige Fünftklässler Bälle zu. Ein paar jüngere Geschwister wuselten auf dem Rasen herum, und auf der Laufbahn, die den Fußballplatz umgab, trabten in einheitlichen Trainingsanzügen die großen Favoriten: Ede Adler und seine 5a.

»Tempo etwas anziehen!«, befahl der Chef. Sofort wechselte seine Mannschaft vom Trab in leichten Galopp.

Gut so, dachte Paul. Wenn sie das weiter durchziehen, haben sie sich vor dem ersten Spiel schon verausgabt.

Von seiner eigenen Mannschaft entdeckte Paul nur Frau Neid. Sie saß auf einer der Auswechselbänke und grübelte. Auf den Knien hatte sie einen Klemmblock mit einer Namensliste der 5c. Paul wunderte sich, dass sie so blass und ernst aussah.

»Hallo, Frau Neid!«, sagte er schwungvoll.

Die Lehrerin schaute hoch und schien ein bisschen erleichtert. »Na, Gott sei Dank! Wenigstens du scheinst gesund zu sein!«

»Na klar!«, rief Paul. »Wieso denn nicht?«

»Hanno und Goran können nicht spielen«, sagte Frau Neid. »Sie haben sich heute Nacht mehrfach übergeben und liegen im Bett. Sie sind so k.o., dass sie nicht mal dagegen protestiert haben, dass sie nicht mitmachen können. Ausgerechnet unsere beiden besten Spieler. Mir geht es übrigens auch nicht besonders, und Timo und Marlene hätten fast abgesagt. Bei ihnen ist es aber nicht so schlimm wie bei Hanno und Goran. Sie werden kommen.«

Die Lehrerin seufzte. »Ehrlich gesagt habe ich den Verdacht, dass mit dem Essen bei euch irgendwas nicht in Ordnung war. Aber du bist ja wohlauf, das spricht dagegen.«

Paul nickte, aber plötzlich fuhr ihm etwas durch den Kopf: das Vanilleeis! Er hatte nichts davon gegessen! Weil er den ganzen Abend vor Aufregung nichts runtergebracht hatte. Alle anderen hatten Mengen davon verschlungen, obwohl es angeblich etwas komisch schmeckte. Goran und Hanno sogar drei Portionen! Bestimmt war das Eis schuld. Seine Mutter hatte der Mannschaft der 5c aus Versehen verdorbenes Eis serviert wie ein unfairer Sportler seinem Gegner K.-o.-Tropfen.

»Was für ein Mist«, sagte Paul tonlos. Einen Moment lang war er wütend auf seine Mutter, doch schon im nächsten war die Wut vorbei. Er würde nicht mit ihr schimpfen. Im Gegenteil, sie sollte von der Sache möglichst nichts erfahren.

Die Lehrerin klopfte ihm auf die Schultern. »Was nützt es, Paul? Wir müssen das Beste daraus machen.«

Paul biss sich auf die Lippen. Wir müssen das Beste daraus machen, wiederholte er so lange für sich, bis er eine wilde Entschlossenheit in sich aufsteigen fühlte.

Um zehn Uhr wimmelte der Sportplatz der Mark-Twain-Schule vor Menschen. Die Zuschauer versammelten sich um die zwei Spielfelder.

Paul suchte die Menge ab, bis er Mia, Pelé und seine Mutter entdeckte. Mia sah ebenfalls blass aus und sprach erregt auf die Mutter ein. Auch ihr war das Eis also nicht gut bekommen. Schon passiert, dachte Paul. Nun weiß Mama also Bescheid.

Pelé schien die Sache gut überstanden zu haben. Er winkte ihm zu und reckte den Daumen nach oben. Paul winkte zurück. Jetzt volle Konzentration! Jetzt musste die 5c trotzdem gut sein. Seine Mutter würde sich sonst ewig Vorwürfe machen.

Paul tippelte nervös mit kleinen Schritten am Mittelkreis und wartete auf den Anstoß. Nicht weit entfernt stand Marlene. »Hoffentlich muss ich während des Spiels nicht dauernd aufs Klo«, sagte sie verdrießlich.

Weit hinter ihnen kauerte Timo zwischen den Pfosten. Er erhob sich und klatschte in die Hände. »Jetzt erst recht!«, schrie er. Genau, jetzt erst recht! Die 5c hatte zwar eine halb kranke Mannschaft auf dem Feld, aber sie würde sich trotzdem nicht kampflos ergeben. Nein. Niemals! »Jetzt erst recht!«, schrien die Ersatzkicker der Tafelrunde noch einmal gemeinsam. Der Anpfiff ertönte und die Schulmeisterschaft nahm ihren Lauf.

Die 5c hatte zwar Pech mit Frau Hoffmanns Eis gehabt, aber wenigstens mit der Auslosung konnten sie zufrieden sein. Ede Adlers 5a spielte in der anderen Gruppe. Dort fegte sie die beiden anderen Mannschaften weg, als würde ein Bundesligist Gegner aus der Kreisklasse vernaschen.

Pauls Mannschaft hatte unendlich viel mehr Mühe. Aber alle kämpften, als ginge es um die Weltmeisterschaft, und um die ging es ja letztlich auch – die Weltmeisterschaft der Mark-Twain-Schule!

Die Ersatzspieler für Goran und Hanno konnten zwar nicht viel für den Spielaufbau tun, aber sie hielten sich tapfer und gaben ihr Allerbestes. Marlene spielte so unbekümmert wie immer. Auf diese Weise sorgte sie mehrfach für Gefahr vor dem gegnerischen Tor. Timo hielt in beiden Gruppenspielen seinen Kasten sauber und Paul verteidigte so gründlich wie nie zuvor.

So ertrotzte die 5c im ersten Spiel gegen einen

starken Gegner ein 0:0 und das zweite gewann sie sogar 2:0. Marlene erzielte dabei das erste Tor. Mehr aus Versehen als absichtlich lupfte sie ein Zuspiel von Paul genau in den Torwinkel.

Kurz vor Schluss ergab sich aus dem Nichts der nächste Treffer. Timo hatte einen zu langen gegnerischen Pass sicher aufgenommen und wollte eben zu Paul abwerfen, als er sah, dass der andere Torhüter nicht aufpasste. Er wähnte sich in Sicherheit, lehnte lässig am Pfosten und unterhielt sich mit einem Zuschauer.

Timo bolzte einen gewaltigen Abschlag nach vorn. Der Ball wurde länger und immer länger. Dann erkannte der Torhüter die Gefahr und hechtete verzweifelt. Zu spät. Der Ball kullerte ohne Hast ins Netz und es stand 2:0 für die 5c!

Die Abschlusstabellen der beiden Gruppen ergaben folgendes Bild:

GRUPPE 1

5a – 5d	6:1	**1. 5a**	12:1 Tore/6 Punkte
5a – 5f	6:0	**2. 5d**	2:7 Tore/1 Punkt
5d – 5f	1:1	**3. 5f**	1:7 Tore/1 Punkt

GRUPPE 2

5c – 5b	0:0	**1. 5c**	2:0 Tore/4 Punkte
5c – 5e	2:0	**2. 5b**	2:1 Tore/4 Punkte
5b – 5e	2:1	**3. 5e**	1:4 Tore/0 Punkte

Es war unglaublich: Die 5c hatte das Endspiel erreicht!

Allerdings wusste jeder, dass es in diesem Finale nur einen Sieger geben konnte: Ede Adlers Tormaschine! Allein die Hälfte der zwölf Tore hatte Bulli erzielt. Im Finale würde er Pauls direkter Gegenspieler sein.

Als der Anpfiff kam, lag fiebrige Spannung in der Luft und die 5a startete sofort einen wütenden Angriff. Das Publikum stand dicht gedrängt rund um den Platz und jeder fragte sich, wie hoch Adlers Truppe siegen würde. Schaffte sie etwa auch im Endspiel ein halbes Dutzend Treffer?

»Aggressiv nach vorn!«, schrie Ede Adler mit rotem Gesicht. »Aggressiv, sage ich!! Setzt sie unter Druck! Ohne Pause! Los, macht schon!«

Paul und seine Mitspieler fühlten sich wie die Besatzung eines Ruderbootes, auf das ein Tanker zufährt. Schon nahm Bulli Maß und feuerte einen Ball ab, gegen den Timo machtlos gewesen wäre, aber er strich haarscharf am Tor vorbei. Wenig später traf Bulli den Pfosten und gleich darauf knallte sein Sturmpartner das Leder an die Latte.

Die 5c kam kaum über die Mittellinie, doch mit großem Glück und noch größerer Tapferkeit retteten Paul und seine Mannschaft das 0:0 in die Pause.

»Klasse, Leute«, sagte Frau Neid. »Ich sage euch, die werden jetzt nervös!«

Sie deutete auf die gegnerische Auswechselbank. Ede Adlers Ohren leuchteten so rot wie eine reife Tomate und seine Mannschaft senkte die Köpfe.

Plötzlich stand Pelé bei der 5c. Er klopfte allen auf die Schulter und hatte für jeden ein aufmunterndes Wort. Da wusste Paul endgültig, dass es auch gegen Adler und Bulli eine Chance gab.

»Denk mal an die Pike«, raunte Pelé Paul zu und schon rief der Schiedsrichter zur zweiten Hälfte. Timo hielt gleich glänzend einen Kopfball von Bulli und im nächsten Angriff nahm Paul seinem Gegenspieler sauber den Ball ab.

»Dreck, verdammter!«, zischte Bulli, warf sich zu Boden und versetzte dem Rasen wütende Hiebe.

Je länger das Spiel dauerte, desto verzweifelter und kopfloser rannte die 5a an. Schneller als Paul es für möglich gehalten hatte, brach die letzte Minute an.

Er fing ein ungenaues gegnerisches Zuspiel ab und lief mit dem Ball nach vorn. Ohne angegriffen zu werden, erreichte er die Mittellinie, dann erst spürte er hinter sich einen Gegenspieler. Der andere war schneller als er.

Paul schaute sich um und für den Bruchteil einer Sekunde entdeckte er im Publikum Pelés Gesicht. Er sah, wie seine Lippen ein Wort formten. Er konnte es nicht hören, aber er erkannte die vier Buchstaben sofort: P-I-K-E!

Eigentlich war die Entfernung zum Tor zu groß, aber Paul holte gewaltig aus und traf genau mit der Spitze seines rechten Schuhs. Der Ball rasierte die Grashalme. Extrem flach und mit wahnsinniger Geschwindigkeit zischte er los. Der Torwart der 5a reagierte nicht einmal, als Pauls Schuss genau neben dem Pfosten einschlug. Der Ball beulte das Netz aus wie eine gefangene Sternschnuppe.

Pauls Mutter riss die Arme hoch und umarmte Pelé.

Das war die Sensation!

Das war das Happy End!

Paul Paulinho Hoffmann und seine Mannschaft waren Weltmeister.

NACHWORT

Es gibt viele Gerüchte darüber, wie es weiterging. Eines erzählt, dass Günter Güll noch am selben Abend, an dem die 5c die Schulmeisterschaft gewann, Paul und seiner Klasse in seiner Sendung vor Millionen von Zuschauern zum Sieg gratulierte. In der nächsten Folge soll Paul dann als Kandidat aufgetreten und reich wie ein Scheich geworden sein.

Fortan, so ist zu hören, lebten die Hoffmanns in einer ganz normalen Luxusvilla zusammen mit Gustavo Pelé und waren glücklich und zufrieden.

Gustavo Pelé soll die Regionalliga bald wieder verlassen haben und von einem Bundesligisten entdeckt worden sein. Es heißt, er habe in der ersten Liga noch über hundert Tore geschossen. Obwohl er Brasilianer ist, soll er es nie bis in die

Seleção geschafft haben. So teilt Gustavo möglicherweise dasselbe Schicksal wie Ailton, Lincoln und viele andere Landsleute.

Bei Paulinho dagegen war das natürlich ganz anders. Der brasilianische Nationaltrainer hat so lange um ihn geworben, bis Paulinho in Brasiliens Farben auflief – mit der Nummer drei natürlich. Man kann sich denken, dass die Führung von Bayern München zunächst nicht gerade begeistert war.

Paulinho soll schließlich wie Pelé dreimal Weltmeister geworden sein!

Es gibt aber auch Stimmen, die behaupten, Paulinho habe sich für die deutsche Elf entschieden und dort eine tolle Laufbahn mit vielen großartigen Länderspielen erlebt.

Manche Leute behaupten, Paulinhos Erinnerungen seien zwar erfunden, aber Paul Hoffmann sei mit ihrer Veröffentlichung reich geworden. Bald danach zogen die Hoffmanns mit Gustavo Pelé in eine ganz normale Luxusvilla. Dort lebten sie glücklich und zufrieden. Paul wurde zwar nie ein richtig guter Fußballer, aber Bestsellerautor zu sein ist auch nicht schlecht.

Und dann sind da noch die seltsamsten aller Gerüchte. Sie besagen, dass Paulinho nicht eine Erfindung von Paul war, sondern umgekehrt. Paulinho soll sich Pauls Geschichte ausgedacht haben, um wenigstens in seiner Fantasie ein normales Leben führen zu können. Viele verschiedene Stimmen, viele verschiedene Geschichten. Der Ball aber ist immer rund.

Auch bei den Freunden Exakt und Zweimeter dreht sich alles um Fußball – fast alles. Es folgt eine Leseprobe aus *Fußballgötter fallen nicht vom Himmel* von Kjersti Wold.

»Na?«, sagte Zweimeter auf dem Weg zum Sportplatz. »Hast du Schmetterlinge im Bauch?«

»Nein, Drachen«, antwortete ich und schlurfte neben ihm her. Hoffentlich fiel das Rasentraining aus. Es war den ganzen Tag furchtbar kalt gewesen und wenn es jetzt noch zu hageln anfinge, würde der Trainer vielleicht ...

»Exakt«, sagte Zweimeter und stellte sich mir in den Weg. »Ich bin nicht einer der Schlauesten, aber eins weiß ich sicher.«

»Und was?«, fragte ich ohne aufzublicken.

»Dass es keinen Sinn hat aufzugeben, bevor du es nicht probiert hast.«

»Aber ich probiere es ja!«

Ich war kurz davor, loszuheulen. Am liebsten hätte ich die Sporttasche in den Dreck geschleudert. Als ob ich es nicht probieren würde. Ich war schließlich hier! Ich hockte nicht zu Hause und machte Computerspiele. Reichte das nicht, sollte ich etwa strahlen wie eine Sonne, mit meinem Bauch voller Drachen? War es das, was er wollte? Was wusste Zweimeter schon davon, was es hieß, Angst zu haben? So groß wie er war.

»Du weißt doch gar nicht«, sagte ich und musste blinzeln, um die Tränen zurückzuhalten, »was es heißt, Angst zu haben.«

»Ich?«, rief Zweimeter und rollte mit den Augen. »Und ob!«

Er verstummte und wir gingen weiter. Seite an Seite. Wie hässlich heute alles ist, dachte ich. Keine einzige Frühlingsblume am Straßenrand, nur ein blaugrauer Matsch aus Schlamm und Abgasen. Die wenigen Grasbüschel, die noch lebten, ragten wie vereinzelte fettige Haarsträhnen aus dem Boden. Pfui Teufel, jetzt fehlte wirklich nur noch ein Hagelschauer, oder zwei.

»Du wirst es vielleicht nicht glauben«, sagte Zweimeter unvermittelt. »Aber ich war früher Meister im Angsthaben.«

Ich blickte zu ihm hoch. »Du?«

»Ja«, antwortete er. »Im ersten Jahr in der Mittelstufe habe ich mich kaum aus dem Haus getraut, sondern nur in meinem Zimmer gehockt und Musik gehört. Ich war groß und schlacksig und wusste nicht, wohin mit mir.«

»Groß sein«, platzte ich heraus, »das ist doch toll! Das ist auf jeden Fall viel toller als klein sein.«

»Fand ich nicht«, sagte Zweimeter, »damals jedenfalls. Ich habe mich wie Frankensteins Monster gefühlt. Und ich war überzeugt, dass alle Mädchen vor Angst flüchten würden, wenn ich sie berührte. Aber jetzt …«, er grinste, »jetzt habe ich eigentlich nur noch vor Prüfungen Angst.«

Er zog mich vorsichtig am Ohr. »Probieren lohnt sich, verstehst du, Exakt. Siehst du, wir sind schon fast da.«

Vor uns lag der Sportplatz. Ich war so verdutzt über den Gedanken, dass Zweimeter sich wie Frankensteins Monster gefühlt hatte, dass ich völlig vergaß Angst zu haben. Aber kaum entdeckte ich Patrick the Hattrick, holte sie mich wieder ein. Das würde ich niemals schaffen.

Er lief über den Platz und trickste ein bisschen mit dem Ball. Ich zählte vier Schüler aus meiner Klasse und noch mal so viele aus der Parallelklasse, plus ein paar andere, die ich nicht kannte.

Patrick the Hattrick köpfte den Ball und lief hinter ihm her an die Seitenlinie. Gerade, als er den Ball mit Schwung ins Tor kicken wollte, fiel sein Blick auf mich. Er sah überrascht aus und es vergingen ein oder zwei Sekunden, bis er die Oberlippe zu einem gemeinen Grinsen verzog. Warte nur, hieß das Grinsen.

»Drehen wir eine Runde«, sagte Zweimeter und zog mich hinter sich her zum Klubhaus.

Und so drehten wir eine Runde und noch eine. Ich kapierte gar nichts mehr. Wozu sollte das gut sein, immer im Kreis zu laufen? Das war doch kein Volksfest. Aber meinetwegen. Solange ich Patrick the Hattrick aus dem Weg gehen konnte, lief ich gern so lange im Kreis bis ich ohnmächtig wurde. Ja, das wäre vielleicht die Rettung: eine ordentliche Ohnmacht.

»Vertrau mir«, sagte Zweimeter.

Ich schaute zu ihm hoch. Aus unerfindlichem Grund trug er seinen Pferdeschwanz heute unter der Jacke. Er sah hochkonzentriert aus. Das musste man sich mal vorstellen, dass er sich wie Frankensteins Monster gefühlt hat, mit diesen lieben, funkelnden Augen und einer Liebsten, die einen an frisch gebackene Rosinenbrötchen erinnerte und den Magen zum Knurren brachte.

Nachdem wir das Klubhaus zum dritten Mal umrundet hatten, fasste Zweimeter mich schnell am Arm. »Sag nichts, bis ich fertig bin«, sagte er und stapfte auf die Gruppe zu, die sich ein Stück entfernt versammelt hatte.

O nein, da war wieder Patrick the Hattrick. Ich war der Einzige in Shorts, wie ich jetzt sah. Alle anderen trugen lange Hosen und ich hätte sonstwas dafür gegeben, eine lange Hose anzuhaben. Ich fror bis ins Mark. Es würde bestimmt bald anfangen zu hageln. Oder zu schneien.

»Guten Tag«, sagte Zweimeter und bahnte sich den Weg zu einem dicklichen Mann im Trainingsanzug. »Sind Sie Svenn Madsen, der Trainer der Elfjährigen?«

»Trainer und Mannschaftsbetreuer. Ja, das bin ich.«

»Freut mich«, sagte Zweimeter und gab ihm die Hand. »Ich darf mich vorstellen.«

Und dann legte er los, es sprudelte nur so aus ihm heraus. »Ich hab in der A-Jugend von Tønsberg gespielt«, sagte Zweimeter und ließ sich dann ausschweifend über das Fußballgymnasium in Sandefjord aus, auf das er gegangen war.

Er hätte in der Junior-Nationalmannschaft spielen können, wenn er sich nicht entschieden hätte alle Karten auf sein Studium zu setzen.

Mannometer, die Jungs haben nicht schlecht gestaunt. Alle, jeder einzelne, allen voran Patrick the Hattrick, glotzten voller Bewunderung Zweimeters zweihundert Zentimeter nach oben. Junior-Nationalmannschaft!

»Jetzt bin ich 27«, fuhr Zweimeter fort. »Der Zug ist für mich abgefahren. Aber so viel Fußballgeist steckt noch immer in mir, dass ich ein Talent erkenne, wenn ich es sehe.«

Svenn Madsen nickte ernst.

»Und dieser Bursche hier«, sagte Zweimeter und zog mich näher zu sich heran, »der hat es in den Beinen.«

Alle sahen mich an. O nein! Das war zum Krätze kriegen. Fall in Ohnmacht, beschwor ich mich, fall tot um, verschwinde. Es ist immer noch tausendmal besser, allein in unserem Garten oder gegen Zweimeter in der

Halle zu spielen und danach mit Merete im Café ewig stillsitzen zu müssen, als sich vor den anderen lächerlich zu machen. Jetzt glaubten die doch, dass ich supergut bin. Ein zweiter Ole Gunnar Solkjær. Hilfe! Mayday. Mayday. Zweimeter beugte sich zu mir runter und flüsterte: »Das wird schon. Entspann dich, das läuft.«

»Jungs«, rief Svenn Madsen. »Heute trainieren wir, den Ball mit der Innenseite des Fußes abzubremsen. Aber zuerst: Aufwärmen!«

Vor mir breitete sich der Rasen aus, zertrampelt und mit großen, matschigen Flächen vor dem Tor. Die anderen trabten los, nur ich stand noch da und zitterte in meiner kurzen Hose. Und dann passierte ein Wunder. Eins von diesen Wundern, von denen Frau Støth immer erzählt. Wenn ein Engel mit den Fingern schnippt, sagt sie, kann sich von einem Augenblick auf den anderen alles verändern. Plötzlich spürte ich die Musik in meinen Beinen. Sie war einfach da und ohne nachzudenken lief ich auf den Rasen zu den anderen. Jetzt würde gespielt werden, jetzt würde trainiert werden.

Zweimeter, du Schuft. Er stand an der Seitenlinie und ich winkte ihm zu. Du bist ein ganz schön dreister Lügner!

Die Rivalen

Christian Tielmann
Die Rivalen
Illustriert von
Patrick Wirbeleit

Ein Zwilling kickt selten allein
ISBN 978-3-551-65001-6

Runter vom Rasen, Jungs!
ISBN 978-3-551-65002-3

Total verschossen
ISBN 978-3-551-65003-0

Ein Torwart auf dem Reiterhof
ISBN 978-3-551-65004-7

Die Zwillinge Pia und Paul lieben nichts so sehr wie Fußball spielen. Da gibt es Konkurrenz untereinander, dramatische Spiele des SC 1848 gegen die Zicken-Kickers und noch jede Menge andere aufregende Zwischenfälle. Die Rivalen bedeuten Fußballspaß für Jungen und Mädchen, Verwicklungen, Mitfiebern und zwar nicht nur bis das Runde im Eckigen ist ...

CARLSEN

www.carlsen.de